哥布林殺手
GOBLIN SLAYER!

——換言之，我等於是對他們而言的哥布林。

哥布林殺手
人物介紹
✝
CHARACTER PROFILE

女神官
Priestess

與哥布林殺手組隊的少女。因心地善良，常被哥布林殺手魯莽的行動耍得團團轉。

哥布林殺手
Goblin Slayer

在邊境小鎮活動的怪人冒險者。單靠討伐哥布林就升上銀等（位列第三階）的罕見存在。

——是可愛也是可氣，又可否何時去哥用餐？

櫃檯小姐
Guild Girl

在冒險者公會工作的女性。總是被率先擊退哥布林的哥布林殺手所助。

——無論何時，對她而言最重要的，都是天氣、家畜、農作物，還有他。

牧牛妹
Cow Girl

在哥布林殺手所寄宿的牧場工作的少女。也是哥布林殺手的青梅竹馬。

——因為知道就是極致的喜悅。『妖精格言』無知的人才有福。

妖精弓手
High Elf Archer

與哥布林殺手一起冒險的妖精少女。擔任獵兵（Ranger）職務的神射手。

「鍛鍊自己，揮刀屠殺。會出血的就不是敵手。」
——鋼的祕密之一端

重戰士 Heavy Warrior

隸屬於邊境之鎮冒險者公會的銀等級冒險者。和女騎士等人一同組成邊境最棒的團隊。

——龍是不會逃避的。

蜥蜴僧侶 Lizard Priest

與哥布林殺手一起冒險的蜥蜴人僧侶。

——無論寶石還是金屬，琢磨前都是石塊。
這世上沒有一個礦人，會用外表來判斷事物。

礦人道士 Dwarf Shaman

與哥布林殺手一起冒險的礦人術師。

「愛並非對望，而是並肩望向同一個去處。」
——某位詩人

劍之聖女 Sword Maiden

水之都的至高神神殿大主教，同時也是過去和魔神王一戰的金等級冒險者。

我不想讓值得尊敬的敵手，變成明天的朋友。
至少今天還不行。

長槍手 Lancer

隸屬邊境小鎮冒險者公會的銀等級冒險者。

——神祕與愛，愈透過舌尖編織就
愈鬆散，更不用說是女性之美了。

魔女 Sorceress

隸屬邊境小鎮冒險者公會的銀等級冒險者。

第1章
『破滅的預感』

Goblin Slayer
He does not let anyone roll the dice.

汙濁的液體，於茫茫白雪中濺出。

「GOROBOGO!?」

模糊的慘叫——並非人聲。醜陋又扭曲，是小鬼的聲音。

哥布林在狂風中揮動雙手掙扎，寒冷如冰的白刃劃過空中。

一聲哀號傳來，然後就再也聽不見任何動靜。

——不。

一道人影踩著大剌剌的步伐，自冰雪做成的帷幕後走出。

是冒險者。

穿戴廉價鐵盔、骯髒皮甲，手上綁著一面小圓盾，拿著一把不長不短的劍的冒險者。

全身被鮮血與白雪染成紅白斑紋，前一刻才奪走一條性命的男子，若無其事地說了。

「五。」

殘忍、冷酷又美麗的冰雪舞者——精靈們，已經將所有的屍體掩埋住。

不，對她們來說，唯有純白才是美麗，或許她們只不過是在覆寫這個世界。

無論如何，新製造出來的屍體，不久後也會被雪之面紗蓋過吧。

何況，還活著也就罷了，死掉的哥布林對他而言根本不足掛心。

他悄悄戒備著周遭，無聲地走在雪地中，用依然低沉的嗓音開口：

「走了。」

「嗯、嗯……………」

回答他的聲音既微弱又震顫，宛如砸在地上的皮球起起伏伏。

少女臉色蒼白，在雪中拚命追上他的背影。

是一名身材豐滿的紅髮少女。她之所以在發抖，不全是因為寒冷。

「沒、沒事吧…………？」

「沒問題。」

他說完後思考了一下，接著像突然想起似的補充道：

「我也是，周圍也是。」

「這樣、啊……」

「還好嗎？」

眼下的狀況根本不容放心，但她硬是揚了揚僵硬的臉頰。

與平日掛在臉上的笑容沒有一分相似的笑法。

他點點頭，彎下腰謹慎地邁步而出，她急忙跟在後頭。

「嗯，還好……我沒事。」

不斷來回觀察四周的舉動，反映出她內心的恐懼。

她被腳邊的木材絆到，嚇得身子一抖。

白雪底下到處都是朽木。以及石頭。恐怕還有人骨。

這裡曾經有座村莊。在很久以前。

並非他與她生活過的小村。

那座村落如今已成空地，蓋起了訓練場。

滅村這種事十分常見。不管是因為哥布林，還是疾病，抑或是龍。

他知道。她也知道。

即便他已理解，她卻還沒有實感。

小鬼們下流的笑聲，參雜在帶來暴風雪的風聲中迴盪。

因此——事到如今，她終於理解踏進小鬼的領域是怎麼一回事。

§

「雪耶。」

冒險者公會的窗戶，逐漸被抹成白色。

在森人（Elf）眼中，這幅景象想必有如一群冰雪少女正翩翩起舞。

妖精（Elf）弓手撐著臉頰晃動長耳，凝視窗外，高興地揚起嘴角：

「冬天果然就是要這樣。雖然又冷又冰，風也大得要命。」

「貧僧倒是覺得，此等寒意足以斷我族香火吶。」

蜥蜴僧侶（Lizardman）則黏在暖爐旁邊不肯離開。

其餘冒險者多半帶著體諒的表情遠眺著他。這也是理所當然。

畢竟這位粗獷的蜥蜴人來到邊境之鎮，已經過了將近兩年。

那些目瞪口呆的傢伙，全是最近才剛登記的新人。

「怎麼？我看你是缺乏鍛鍊喔！」

女騎士將公會的門整個推開，大步走進來，表情興奮得如同一隻剛在雪中奔跑過的狗。

背後是一臉疲憊的重戰士，以及少年斥候（Scout）與半森人（Half Elf）劍士。

看他們身上到處沾滿雪花，想必是被迫陪女騎士練武。

少女巫術師（Druid）勤快地拿來熱葡萄酒，女騎士順手接過。

「這世上明明還有金剛石龍（Diamond Drake）這種生物存在！」

「貧僧離眾神的領域還遠吶。」

蜥蜴僧侶感慨地吁出一口氣，將身體靠向暖爐。

「要……提升，溫度……嗎？」

不忍心看蜥蜴僧侶受寒——說是這麼說，其實乍看與平常慵懶的模樣並無二異——的魔女，用手指點燃一團火焰。

她輕輕將火球扔進暖爐，火勢便瞬間增強。

「喔喔，感激不盡……！」

蜥蜴僧侶彷彿在膜拜女神，以奇怪的手勢合掌，輕笑聲自魔女的喉間傳出。

她突然招了下手，長槍手便大方地坐到身旁——雖然他應該不是聽她的話才坐下的。

「種族差異大還真麻煩。」

拿去——長槍手遞來滿滿一大杯蜂蜜酒（Mead）。

「唔……」

「不是起司，但這東西同樣是『甘露！』吧。」

「唔嗯。」

蜥蜴僧侶將杯中物一飲而盡，像在沉思般吐了口氣。

「風味不同吶……」

「你舌頭有點被養刁了。挑食可不好喔。」

「哈哈哈哈哈，再怎麼說貧僧也是個肉食者，嚼樹葉畢竟有違本性。」

有這份閒情逸致開玩笑，可見身體應該比剛才暖和多了。

看到蜥蜴僧侶恢復平常的狀態，妖精弓手笑著輕戳他的背：

「哎呀，那我們算哪一種？」

「森人不是會嗑蒲公英嗎？我看你們是亂食者啦。」

礦人道士（Dwarf）從廚房探出頭，妖精弓手「嗚嘰！」氣得長耳倒豎。

「喂礦人，你那叫種族歧視！」

「吃點肉吧，吃肉。否則不管活幾百年都一樣是鐵砧。」

「少瞧不起人了！」妖精弓手憤慨地挺起平坦的胸膛。「是兩千年！」

「這可稱不上炫耀啊。」

礦人道士傻眼地捻著鬍鬚，將一只大鍋搬到酒館中央的桌上。

鍋裡滿滿都是高麗菜、馬鈴薯、香腸、培根，咕嘟咕嘟地冒著泡。

往廚房一看，獸人女侍邊說「是本小姐特製的！」邊用力揮著手，豎起大拇指。

「獸人負責煮，圃人負責備料！」

「……礦人則負責調味。喏，開飯囉開飯囉。」

礦人道士放下的大鍋，冒著溫暖的蒸氣。

因飢餓及寒冷縮成一團的新手戰士和見習聖女，帶著渴望的表情接近。

儘管終於可以不用再接除鼠委託，現在的他們還沒辦法維持生計。

「可以吃嗎？」

「……怎麼不可以？」

礦人道士將碗遞給戰戰兢兢地走過來的兩人。

少年少女互相對視，下一刻便撲向那道正在冒煙的料理。

「喔，多吃點，盡量吃啊。」

這時——……

「呼、哇……！」

纖細嬌小的身軀從外頭衝入公會，模樣宛如一隻跌進窩裡的小狗。

女神官抖了抖身體，拍掉長袍上的雪。

她對凍僵的雙手哈氣，因溫暖的空氣而鬆了口氣。

「我回來了……！」

「歡迎回來——」妖精弓手輕輕揮手。「神殿那邊的狀況如何？」

「今年還是很冷。好像很多人感冒……」

女神官憂鬱地皺眉。

今年冬天特別冷。

如果只是冰雪精靈太有活力，尚且仍屬自然現象。

身為侍奉地母神之人就該接受它，不生氣也不怨嘆，只能默默採取應對措施，然而……

連已經離開神殿的女神官都被叫去照顧病倒的人，這種情況實在不常見。

即便當事人毫無疑問地心想「這很正常」也一樣。

「希望不是黑死病（Pest）或西方的感冒喔。」

礦人道士邊說邊把湯盛進碗裡，「喏」地遞給女神官。

看見溫暖的料理，女神官不由得瞇起眼，說了句「謝謝」用雙手接過喝了一口。

「……真好喝。」

脫口而出的是無半分虛假的真心話。滲入身體深處的暖意，帶來難以言喻的幸福感。

——加了胡椒嗎？

舌頭麻麻的，應該，肯定沒錯。

女神官點點頭，又喝了一口，接著突然環顧四周，目光游移起來。

「那個，哥布林殺手先生呢……？」

「妳第一個擔心的就是歐爾克博格呀。」

妖精弓手的語氣彷彿在說「真是夠了」，女神官害羞地紅著臉低下頭。

「哥布林殺手先生今天不在唷。」

女神官想知道的答案，並非從酒館裡，而是從公會的辦公區傳來。

櫃檯小姐值完今天的班正準備離開，一面穿上高級外套，一面走出來。

「是去工作嗎？」

「是的。所以今天我也比較早收工。」

長槍手聞言起身，卻被魔女逼著坐回椅子上，櫃檯小姐假裝沒看見地輕笑著：

「天氣這麼冷，有座村莊無法度過這個冬天。他協助運送糧食到該地去。」

「意思是……和牧場的人一起？」

女神官腦中浮現與哥布林殺手同居的那位開朗少女。

縱使她很憧憬魔女和劍之聖女那類型的年長女性，但也認為牧牛妹值得敬佩。

要能像她那樣自然大方地與人互動，並不是件簡單的事。

「是的。因為距離有點遠，我想要過個幾天才會回來。」

「這樣呀……」

聽見櫃檯小姐略顯寂寞的這句話，女神官下意識望向窗外。

雪白的黑暗濃度漸增。

一想到這層帷幕的另一側有他，而自己身處於他看不見的地方，就覺得——……

——不行不行。得振作一點。

不安與寂寞之類的情緒閃過腦海，女神官搖搖頭。

今天沒有再回寺院一趟的心情。看這天氣，應該也沒辦法在戶外練習投石。

——總之，先把能做的事做好吧。

女神官如此心想，「那個——」出聲叫住櫃檯小姐，語氣客氣卻清晰：

「方便的話，能再向妳借閱一下怪物辭典(Monster Manual)嗎？」

「哎呀，真用功。」櫃檯小姐微笑著說。「好的，請您稍待片刻。」

女神官目送櫃檯小姐像隻陀螺鼠般啪噠啪噠地跑進裡面，鬆了口氣。

隨後瞄向笑咪咪地看著自己的妖精弓手。

「怎、怎麼了？」

「這是所謂『溫暖的目光』。」

我認為不是。女神官困擾地嘀咕道，上森人(High Elf)卻毫不在意。

「像我就沒辦法。我不愛看那種東西。就算要看，也一定只會看有名的傢伙吧。」

例如龍、巨人或吸血鬼之類的。

她屈指算著，原來如此，確實是女神官也聽過的怪物。

所以她什麼都沒再說，靜靜等待櫃檯小姐回來。

首先讀完哥布林的部分後，她才意識到自己一打開就反射性翻到這頁——……

總覺得相當難為情，她躲躲藏藏地翻閱起櫃檯小姐借給她的辭典。

§

「啊啊，討厭！」

看見姪女如自己所料，哀號著跑進屋內，牧場主人一副不意外的態度點了下頭。

「就叫妳別穿成那樣了。」

「可是……」

牧牛妹無力地反駁，難得露出泫然欲泣的表情。

異於往常的不只有表情，還有她身上的衣服。

露出一大片肩膀，用蕾絲裝飾的襯衫。

以束腹勒緊腰部，突顯胸部的紅色褶子長裙。

跟工作服和祭典時穿的禮服都不同，毫無疑問是外出服。

「畢竟啊，」牧場主人的語氣，像在斥責幹了蠢事的女兒。

「現在是冬天，外頭還在下雪喔。」

「可、可是我難得買新衣服……」

牧牛妹嘛著嘴說出的這句話，並不具備足以肯定現狀的說服力。

她才剛意氣風發地踏出家門就冷到發抖，提著裙襬掉頭……

好冷，穿裙子腿涼颼颼的，裙襬感覺也會被雪和泥巴弄髒，而且好冷。

「新衣服……總是會想穿穿看嘛？」

下場就是落得掀起裙子、淚眼汪汪跑回家的狼狽樣。

牧場主人的心情，只能用無奈兩字形容。

「穿新衣卻害自己感冒，不就沒意義了？」

開始愛漂亮了嗎——這念頭瞬間閃過腦海，牧場主人卻沒有責備的意思。

這孩子之前根本不會關心這種事。

他非常贊成姪女嘗試些打扮、治裝這種年輕女孩會做的事。問題在於——……

——那個對象。

牧場主人輕輕嘆息，以免被姪女發現自己在想什麼。

「下半身別穿裙子，換成馬褲吧。上面再加件外套。」

「是……」

姪女垂頭喪氣地回到房間。

牧場主人關上門，瞥見窗外有個穿鎧甲的人影站在雪中，又嘆了口氣。

§

哥布林殺手盯著靜靜落下的雪。

他將貨物堆成一座小山，在難得繫著馬匹的馬車旁仰望天空……

從鐵盔縫隙呼出的氣息化為白煙，飄向淡灰色的雲。

「……」

他對雪有什麼特別的回憶——並非如此。

在雪山向師父學習的過程，要當成回憶未免太過刺激。

他當下所想的，是雪中行軍的難度、危險性，以及哥布林。

要護衛貨物、馬匹，還有她。倘若遇到小鬼，該如何應對？

——要叫同伴來嗎？

他對於自己將他們視為同伴一事，已經不覺得有那麼奇怪。
然而，這次的案件並非正式委託，比較接近自己人的請求。
——那就不必了吧。
「久等了！」
明亮的聲音突然在雪中響起。
轉頭一看，牧牛妹氣喘吁吁地吐著白煙跑來。
從那裸露出的肩膀，能窺見在寒冷天氣中燃燒著的血色。
為了避免肩膀受寒，牧牛妹邊跑邊穿上外套，迅速戴上兜帽：
「怎麼樣？」
「不會冷就好。」
「是喔。」
她在哥布林殺手面前轉了一圈，展示身上的衣服，不曉得在開心什麼。
「下面。」他發現牧牛妹的穿著與剛才不同，簡短地問：「那樣就可以了嗎？」
「噢，你說長褲？……嗯。」牧牛妹點頭。「還是你覺得要穿裙子？」
「哪個好。」
他的語氣低沉短促，又冷淡。牧牛妹一面玩手指一面思考。
「裙子——可能比較重，而且腳大概會有點冷。」

「那就長褲吧。」

「可是，不覺得穿裙子比較可愛嗎？」

「……我不太懂。」

哥布林殺手輕輕一躍，跳上駕駛座。

他用右手抓好韁繩，空著的左手則伸向牧牛妹。

「上來。」

「啊，嗯。」

牧牛妹的──以少女來說有點大、有點厚實的手，疊在皮護手之上。

哥布林殺手默默握緊那隻手，將她拽到駕駛座。

同樣偏大的臀部落在他旁邊，牧牛妹「欸嘿嘿」笑出聲來。

「啊，便當呢……？」

「妳做的那個嗎。」

哥布林殺手問，牧牛妹點頭回答「嗯」。

「帶了。」

「那就好。」

牧牛妹得意地挺起豐滿的胸部，輕拍哥布林殺手的手臂。

鐵盔微微上下搖晃，韁繩啪一聲揮下。

馬匹高聲鳴叫，向前邁步。車輪喀啦喀啦地轉動，開始在雪上留下痕跡。

離開糧荒的村莊，只需要幾天的路程。

只是要去送貨。僅此而已。

怪物跋扈橫行於世，盜賊也遍布各地，沒有旅程是安全的。

然而，這仍是段一如往常——毫無變化、極其平凡的行程。

並非冒險。只是一般的送貨任務。

連哥布林殺手都這麼認為。

§

雪下個不停。

逐漸被抹成一片蒼白的世界中，只聽得見車輪轉動的聲音。

聲音的源頭，來自滲入白色世界的一點黑影——馬車上。

哥布林殺手默默甩動韁繩，她坐在旁邊，什麼也沒說。

——不如說是不曉得該說什麼……

仔細想想，這還是第一次——儘管只有短短幾天——和他一起旅行。

跟之前去妖精弓手故鄉玩的那次不同。

也跟平日每天都要做的送貨工作不同。

——真不可思議。

牧牛妹下意識抱住雙膝，調整坐姿，吐出一口氣。

明明平常待在鎮上的時候，她甚至會有兩人總是在一起的感覺。

到頭來，她始終一語不發，只是盯著他的鐵盔。

鐵盔也跟平常一樣，僅僅是頂看不出表情的鐵盔……

——不知道他現在帶著什麼樣的表情……？

「喂。」

「唔咦!?」

沉思時突然有人向她說話，導致牧牛妹肩膀抖了一下。

「怎、怎麼了!?」

「會不會冷。」

「咦，喔、喔……還、還好……不冷。」

「是嗎。」

牧牛妹點了點頭，對話到此中斷。

這段期間，又是只有車軸和車輪摩擦的喀啦喀啦聲於道路上迴盪。

牧牛妹扭扭捏捏地，在豐滿的胸部前擺弄手指。

吸氣，吐氣。要是放過這個機會，肯定會一直維持這個狀態。

「那、那個。」

「什麼事。」

聲音短促又低沉。

雖然她明白這是他平常的聲音，還是瞬間感到畏縮。

「呃……」

話語卡在喉嚨，她閉上嘴巴，重新開口：

「平、平常，你們都聊些什麼呢……？」

「平常。」

「去冒險的時候，之類的……那個，跟大家？」

他低聲沉吟，沒有馬上回答。大概是在思考如何表達。一直都是這樣。

「……沒什麼。」

然而，他給予的答案只有短短一句話。

這樣呀。牧牛妹嘀咕道，然後低下頭。

雪積在兜帽上，感覺到陣陣刺骨的寒意。

好冷。

「…………我不擅長。」

「咦。」

他突然低聲說，牧牛妹眨了下眼睛。

「我不擅長，主動開啟話題。」

「……嗯。」

我知道。牧牛妹點頭。以前的他不曉得如何，不過，現在是這樣沒錯。她很清楚。

「所以」他停頓了一會。「所以……都是聽大家說話，再回應。」

「……這樣呀。」

牧牛妹將視線從他身上移開，仰望天空。

白雪從天上的灰色烏雲中輕輕飄下，落在兩人身上。

呼出來的氣息化為白煙，參雜在其中浮向上空。

「……那——」

「嗯。」

牧牛妹抬頭仰望著天際，眨眨眼，斜眼瞄向他：

「我可以……跟你說話嗎？那個……說什麼都好。」

「嗯。」

兩句一模一樣的答覆。

牧牛妹臉上卻綻放出笑容。

「那、那，呃……！之前的休假啊！」

「嗯。」

「我有跟櫃檯小姐她們一起玩喔。那個，是叫桌上演習的遊戲……」

她的語氣，彷彿在向住在隔壁的少年炫耀。

毫無重點的閒聊。沒有特別之處。

玩遊戲時骰出的點數是好是壞。每天的天氣及農作物、牧場的家畜。

他不在的期間鎮上發生的事。其他冒險者的狀況。

明亮的聲音躍於白雪之上，混在車輪聲中緩緩消失。

空氣依然很冷，牧牛妹卻已經完全不放在心上。

就算要走雪道，離村莊也不會遠到哪去。

還有人在等他們。所以不能無緣無故遲到。

可是，即便如此……

──真希望這段時間能持續久一點。

腦中浮現令人害臊的想法，牧牛妹搖搖頭。

「啊，對了。快中午了，要吃便當的話，找個地方停下──」

馬車嘰一聲停下。

「……？咦，要在這邊吃嗎？」

沒有回答。

他屏息直盯著前方。

接著，鐵盔迅速轉向右邊、左邊。

是在看自己嗎？不，不對。

他的視線越過牧牛妹，望向更後面，積雪的方向。

「那個……？」

「——不妙。」

他忿忿地罵道，下一刻。

白雪像從地面噴上來似的，濺到空中。

「——哇!?」

牧牛妹瞪大眼睛，身體被拽向一旁。

有樣東西劃過她頭部上一秒所在的位置附近，發出沉悶聲響刺中駕駛座。

——是槍……!?

牧牛妹倒在雪地上，身體卻沒有受到多大的衝擊，她對此感到疑惑。

不，答案一目了然。她發現自己被他抱在懷裡，繃緊身軀。

「咦？什、什麼東西……怎麼了……!?」

「GROORBB！」

含糊不清的叫聲，是再清楚不過的回答。

「GBB！GOROB！」

「GROBR！」

一道道影子、影子、影子、影子，扔掉蓋在身上的布，接連從雪地中站起。

醜陋的臉因欲望而扭曲，手持各種武器的怪物。

體型、智慧、力氣與小孩子同等級，四方世界最弱的不祈禱者（Non-Prayer）。

「哥……哥布林……!?」

「——過來！」

哥布林殺手毫不猶豫。他握緊牧牛妹的手，如一支箭矢般飛奔而出。

「馬、馬和貨物呢……!?」

「放棄吧。」

——失敗了。

本來應該要無視攻擊，策馬狂奔，甩掉那群小鬼。

拜其所賜——不，他立刻中斷思考。

自己選擇如此行動的原因很明顯，答案就在手中。沒必要多想。

「——！」

「GGOORBG!?」

哥布林殺手整個人朝包圍他們的其中一隻哥布林撞上去。

趁小鬼還沒反應過來，拔劍往胸口一刺。

以身體構造來說足以致命的部位被劍刺穿，哥布林一口氣都來不及吐，就一命嗚呼。

哥布林殺手踹開屍體抽出劍，並未停下腳步，繼續奔跑。

「GOR!GOBG!」

「GBBGR!」

「嗚!?」

飛來飛去的小石子、哥布林的咆哮、長槍、屍體。不曉得這聲驚呼是因何者而發出的。

聽見背後傳來恐懼的驚呼聲，哥布林殺手將她的手握得更加用力。

左手的盾不能用。背後也很危險。保持警戒、突破重圍。機率不知有多少。

他聽見頭上傳來擲骰的聲響。「宿命」及「偶然」都去吃屎吧。

正在被生吞活剝的馬匹的哀號，於雪中迴盪。

哥布林殺手瞥向身後，只見她一臉快要哭出來的樣子。

他只能繼續向前奔跑，別無他法。

「欸、欸，那孩子……！」

她牽著他的手，聲音在打顫。

「會死掉喔……？」

哥布林殺手一語不發，沒有停下腳步。

並非不說話。是說不出話。

也不敢看她的臉。

幸虧那群哥布林專注在爭食馬匹——……

這種話，該用什麼樣的表情對她說？就算戴著鐵盔又如何？

她應該也不會希望自己——不對，希望他代替馬匹，遭遇不測吧。

誰有辦法指手畫腳，擺出高高在上的態度否定這行為？

「GOOROBG！」

因此，他將一切發洩在面前的小鬼身上。

一隻哥布林不願落後給同伴——自己也想撈點好處，衝向兩人。

哥布林殺手甫一察覺，隨即扔出手中的劍。

「!?」

頭頂長出一把劍的小鬼，連發生什麼事都搞不清楚，就倒在地上斷了氣。

「一！」

哥布林殺手邊跑邊撿起小鬼插在腰帶上的棍棒。

是骨頭做的。恐怕是大腿骨——而且是凡人的。

「唔……嗚唔……！」

牧牛妹將湧上喉嚨的東西壓回去，用空著的那隻手捂住嘴。

沒時間給她蹲下來嘔吐。

取而代之地，她緊緊握住他的手。

要是這隻手放開了——儘管他絕對不會做這種事——自己會面臨什麼樣的下場？

她有種會被拋下的感覺，基於寒冷之外的理由發起抖來。

「怎、怎麼辦……？」

牧牛妹用控制不住震顫的聲音問。

「城鎮在……那個方向喔？」

「不能回去。」

他的回答淡漠且簡短。

「哥布林在埋伏。」

「那……」

「附近應該有村莊。」他說，又補充一句：「以前。」

牧牛妹將這句話，連同唾液一起吞下去。

——有這麼多哥布林。

那座村莊安全嗎？

她非常明白，說出來只會害他感到困擾。

況且雪下得這麼大。

他也就算了，自己實在不可能走回鎮上。路只有一條。

——如果是那孩子。

如果是跟她共同行動的女神官，會怎麼做？

牧牛妹從來沒想過要當冒險者。

只不過此刻，自己不是冒險者這點，令她覺得很不甘心。

假如自己是冒險者……

「要來了！」

「嗯、嗯！」

牧牛妹從半是逃避的想法回到現實。

在他大喊的同時，隔著暴風雪傳來兩聲模糊的吼叫。

「GOROGB！」

「GBG！GOOBG！」

——哥布林！

大概是看對手只有一名冒險者和一名少女，認為自己贏定了。

哥布林露出扭曲下流的笑，飢渴地逼近兩人，彷彿再也克制不住。

這副模樣在牧牛妹眼中顯得相當駭人，足以嚇得她驚叫出聲。

她察覺下半身突然流出溫暖的液體，變得不知該如何是好。

但他不一樣。

「三！」

他拉著牧牛妹的手，用力一踏，揮下高高舉起的棍棒。

小鬼跟凡人體格是有差距的。手臂和腳的長度，都截然不同。

「!?」

哥布林還未將這一大段距離拉近，就被擊碎頭部，腦漿四濺。

屍體很快被暴風雪覆蓋住，倒在地上。

做為代價，哥布林殺手手中的棍棒也碎裂了。骨頭這種東西，脆弱的時候就是不堪一擊。

「GGBBGRO！」

剩下的哥布林見狀，笑得更開心了。

對手沒有武器。贏了。殺掉這傢伙——不，要當著他的面把這女孩……！

「!?」

然而，情況並不如他所想。

哥布林殺手毫不猶豫地舉起斷骨，將前端捅進小鬼眼中。

銳利的骨頭碎片，把脆弱的眼窩骨連同柔軟的眼球一起刺穿，攪動哥布林的大腦。

當場死亡。

哥布林像被揍了一拳般，向後翻了個筋斗，倒在雪地上不斷抽搐。

他踩爛屍體的手，搶走劍，調整呼吸。

「動得了嗎？」

「……沒、問題……大概。」

牧牛妹不知道哪裡沒問題。

她只知道，自己現在的表情及模樣肯定非常難看。

「走。」

照理說他不可能沒發現，卻沒有多說什麼。

——大概，是他的貼心之舉。

牧牛妹用細若蚊鳴的聲音點頭回答「嗯」，重新握好他的手。

她無法想像自己會放開這雙手。

肯定從很久以前開始，就是這樣。

「GOROBG！」

驚悚的叫聲再度響徹四周。他八成早就察覺到了。

哥布林殺手拉著牧牛妹的手衝向前，朝混在雪中逼近他們的小鬼揮劍，沒有半分躊躇。

汙濁的液體，於茫茫白雪中濺出。

「GOROBOGO!?」

模糊的慘叫——並非人聲。醜陋又扭曲，是小鬼的聲音。

哥布林在狂風中揮動雙手掙扎，寒冷如冰的白刃劃過空中。

一聲哀號傳來，然後就再也聽不見任何動靜。

——不。

穿戴廉價鐵盔、骯髒皮甲，手上綁著一面小圓盾，拿著一把不長不短的劍的冒險者。

全身被鮮血與白雪染成紅白斑紋，前一刻才奪走一條性命的他，若無其事地說了。

「五。」

殘忍、冷酷又美麗的冰雪舞者——精靈們，已經將所有的屍體掩埋住。

不，對她們來說，唯有純白才是美麗，或許她們只不過是在覆寫這個世界。

無論如何，新製造出來的屍體，不久後也會被雪之面紗蓋過吧。

何況，還活著也就罷了，死掉的哥布林對他而言根本不足掛心。

他悄悄戒備著周遭，無聲地走在雪地中，用依然低沉的嗓音開口：

「走了。」

「嗯、嗯……………」

回答他的聲音既微弱又震顫，宛如砸在地上的皮球起起伏伏。

牧牛妹臉色蒼白，在雪中拚命追上他的背影。

「沒、沒事吧…………？」

「沒問題。」

他說完後思考了一下，接著像突然想起似的補充道：

「我也是，周圍也是。」

「這樣、啊……」

「還好嗎？」

眼下的狀況根本不容放心，但她硬是揚了揚僵硬的臉頰。

與平日掛在臉上的笑容沒有一分相似的笑法。

「嗯，還好………我沒事。」

他點點頭，彎下腰謹慎地邁步而出，她急忙跟在後頭。
不斷來回觀察四周的舉動，反映出她內心的恐懼。
她被腳邊的木材絆到，嚇得身子一抖。
白雪底下到處都是朽木。以及石頭。恐怕還有人骨。
這裡曾經有座村莊。在很久以前。
並非他與她生活過的小村。
那座村落如今已成空地，蓋起了訓練場。
滅村這種事十分常見。不管是因為哥布林，還是疾病，抑或是龍。
他知道。她也知道。
即便他已理解，她卻還沒有實感。
小鬼們下流的笑聲，參雜在帶來暴風雪的風聲中迴盪。
因此——事到如今，她終於理解踏進小鬼的領域是怎麼一回事。

§

「啊——討厭——要做什麼才好呢……」
妖精弓手鬧脾氣似的嗓音，於酒館響起。

事實上，她趴在桌上揮動四肢的模樣，怎麼看都只是個小朋友。

「……妳真的兩千歲？」

「對啊，真失禮。」

「我看頂多十三歲左右吧。」

礦人道士發自內心感到傻眼，嘆了口氣，拿起酒杯大口灌下。

太陽已經下山，聚集在酒館的醉醺醺冒險者之間，瀰漫慵懶的氣息。

雪大，風強，天冷。只有缺錢或懷著相應理由之人，會在這樣的夜晚出外冒險。

「哥布林殺手也真夠閒的耶。」

如此這般，不久前還在說他壞話的女騎士，如今也徹底敗給了酒精。

她邊打盹邊流著口水，嘴巴仍不忘碎念，重戰士咕噥著「傷腦筋」，輕輕戳了她一下。

「真是，還像個小孩似的。」

他用肩膀扛起女騎士，一旁並不見少年斥候、少女巫術師、半森人劍士的身影。

重戰士很早就叫那兩個年紀小的上床睡覺，一直陪著女騎士喝到現在。

「我們先走了。你們也小心別宿醉啊。」

「你這傢伙……抱女生上床的時候，要像對待公主殿下那樣……」

「哪有妳這種公主……」

肩上的女騎士像在夢囈般抱怨道，重戰士無視她，踩著吱嘎作響的樓梯上樓。

長槍手「喔」地應了一聲，瞄向女神官：

「小妹妹，還不睡啊？妳今天不是也去神殿工作了？」

「是的。」女神官撐起沉重的眼皮，眨了眨眼。「因為，說不定會發生什麼事。」

「妳還真熱心。」

長槍手懶洋洋地打了個哈欠。

「就算在這邊等，他今晚也不會回來喔？」

「我並不是在……」

不是在等他。女神官害羞地搔著臉頰，看見魔女正在竊笑，低下頭來。

即使知道自己的心思早就被人看穿，還是會感到羞恥。

「不、不過，光坐在這邊空等……也不太好呢。」

她試圖打馬虎眼，妖精弓手聳聳肩問：

「那要玩桌上演習嗎？」

妖精弓手瞥向空無一人的櫃檯。

櫃檯小姐已經下班，冒著風雪離開，監督官也回家去了。

只剩值夜班的職員一面處理文件，一面喝茶驅散睡意。

「雖然人不夠，沒辦法接著上次的進度。」

「既然如此……」

窩在暖爐旁的蜥蜴僧侶，伸長那長脖子左顧右盼。

「不如來場真正的冒險，各位意下如何？」

「一樣缺人啊──」

缺人──說得更具體一點，是缺少前鋒。

小鬼殺手、女神官、妖精弓手、礦人道士、蜥蜴僧侶。

隊伍裡有多達三名施法者，所以他們很清楚，這個陣容沒什麼好挑剔的。

然而，他們的隊伍只有一名專職前鋒。

女神官看了蜥蜴僧侶一眼，他絕對不至於靠不住，但──……

「少了哥布林殺手先生，果然不太行呢。」

「雖然不曉得把那個怪人稱為『戰士』適不適合啦。」

妖精弓手咯咯笑著，帶著親暱之意損了他一句。

「對呀。」

女神官也無法否認，只給予模稜兩可的回應。

──戰士啊。

她將纖細的手指抵在脣邊沉思，突然望向長槍手。

「……請問，兩位是不是組隊很久了？」

「啊？」長槍手挑起一邊的眉毛回應：「啊……已經五、六年了……吧？」

「差不多……呢。」

接著，魔女懷念地瞇起眼，露出嬌豔笑容：

「妳……感到，好奇……嗎？」

「呃，那個……」

被那雙美麗的眼眸盯著看，令女神官不知所措，目光游移。

如果嘴硬否認——會不會顯得太幼稚了？

「……有、有一點？」

「呵、呵……」

魔女愉悅地從胸口取出菸管，喃喃自語，用指尖敲了下前端。

朦朧的光芒亮起，她性感地扭動身軀，深深吸了一口。

接著用彷彿要與人接吻的動作輕啟朱脣，甘甜煙霧化為煙圈飄向上空。

「之後，再聊……吧。」

魔女說著，喉間傳出輕笑聲。

「妳也、一樣……之後再聊，喔？」

「……是。」

女神官點了點頭，視線落在手邊變涼的牛奶上。

她口中的之後，要等到什麼時候？

等到她成為銀等級冒險者？還是要等到她被獨自留下、也不會覺得不安？

又或者——等到自己的個性不再彆扭為止？

女神官有種被看穿的感覺，尷尬地拿起牛奶啜飲。

「……欸，問妳喔？」

「!?」

此時，有人拘謹地向她搭話。

女神官輕輕咳了一聲，回過頭，看見兩位面熟的冒險者。

是見習聖女和新手劍士——與自己年紀相仿的他們，似乎快要可以把新手的頭銜拿掉了。

愈用愈順手的皮甲及棍棒——稱之為棍棒有點太細的長杖，以及腰間的劍。

像毛巾那樣將皮製護額掛在肩上，已經可以稱之為一名戰士。

至於聖女，外表雖看不出差異，行為舉止倒是變得沉穩許多。

——我……

我又如何呢？女神官沒有把這份心情表現出來，對兩人展露微笑。

「有什麼事嗎？」

「其實，我們下次好像就能升級……」

新手戰士搔著臉頰，說已經內定了。

「哎呀。」

女神官睜大眼睛，立刻雙手一拍。

「恭喜兩位！」

「不過，嗯，只是從白瓷升上黑曜而已啦。」

從第十階升上第九階。那她呢？她是因為在地下跟巨魔戰鬥的那一次……不對。

在此之前，女神官是因為被他拯救，加入現在的團隊，才能迅速升級。

否則即使能活著離開那座洞窟，升級速度也不會跟眼前這兩人差多少吧。

可是，咦？女神官納悶地歪過頭。

自己第一次升級時，曾欣喜若狂地拿識別牌向他報告，但——……

「你們看起來沒有很開心呢。怎麼了嗎？」

「因為，」見習聖女皺起眉頭。「我向神殿報告後，聽見了神諭（Handout）……」

神諭是諸神給予信徒的啟示、預言，同時也是使命。

儘管沒有強制性，鮮少有人會刻意抗拒。

拒絕了也不會有什麼好處。不過若是要人一心一意走上小鬼殺手之路，自然另當別論。

因此，女神官很快就猜到了。

「聽說至高神的試煉大多相當困難……果然如此嗎？」

「對呀。」

見習聖女點頭，表情有如因迷路而不知所措的孩子。

「神諭叫我前往北方的頂點。不過……」

「我們一直都是在城鎮附近行動，從來沒去過雪山。」

以現在的實力過去總覺得會死。新手戰士面色凝重地說。

女神官手指抵著嘴脣，陷入沉思。

原來如此，去年冬天，他們確實在雪山戰鬥過。

那是十分珍貴的經驗，要是沒有身為前輩的夥伴在，肯定會相當艱苦。

說實話，她也想過乾脆回神殿幫忙，一邊等那個人回來，不過——……

——如果是他會怎麼做？

「……哥布林嗎？」

「啊？」

「沒什麼……」

女神官苦笑著搖頭。這句話是下意識脫口而出的。沒有意義。沒有意義，卻推了她一把。

女神官握緊雙手，下定決心，喝光牛奶，拿起錫杖。

眼角餘光瞥見魔女點了下頭。她也點頭回應。

「我想幫他們的忙。」

聲音有點走調。她深呼吸一次，像在祈禱般開口說道：

「可以麻煩各位跟我一起來嗎？」

「冒險是吧！」

最先有反應的是妖精弓手。

她的耳朵和右手筆直豎起，大聲宣言，一口氣從座位上起身。

「我去！我要跟歐爾克博格炫耀，我們趁他不在的時候出去冒險！」

「……我可不認為嚙切丸會為此感到不甘……」

礦人道士按住差點被妖精弓手撞翻的桌子。

他擺出一副嫌浪費的態度，將桌上剩下的料理掃進口中，嚼個不停。

然後配著火酒嚥下，打了個嗝。

「長鱗片的打算怎麼做？」

「受人依賴乃彌足珍貴之事。這種機會絕不多見。」

蜥蜴僧侶依舊靠著暖爐取暖，莊重地說。

「貧僧並無異議。畢竟天冷不代表就會沒食物，無需顧慮。文明萬歲。」

見他一副只要有起司就行的態度，妖精弓手聳了聳肩，踐踐地表示愛莫能助。

「所以？礦人呢？你那麼胖，冷一點也不會怎樣吧？」

「看來得再敲幾下屁股來糾正妳的偏見。」

礦人道士用手抹掉鬍子沾到的髒汙，「嘿咻」站起身。

「我也不反對，不過……」

「不過？」

妖精弓手疑惑地晃動長耳。

「報酬怎麼算？」

「啊。」

反射性「啊」了一聲的，不是其他人，正是女神官。

——我都沒想到……！

怎麼辦……怎麼辦？

她想不出答案，手足無措地來回踱步。

剛才鼓起的些許勇氣縮了回去。

少年少女也快哭出來了。他們沒有錢。

這時——……

「平分……吧。」

忽然有人從旁伸出援手。

女神官往旁邊一看，魔女像個淘氣的孩子，瞇起一隻眼睛。

「相親……相愛，地。」

「……對啊。」

始終默默旁觀的長槍手，無奈地嘆了口氣。

「像這種組隊探索的時候，通常都是把找到的東西平分。」

「啊，那、那就這樣！」

新手戰士露出燦爛的笑容大叫，見習聖女急忙頂了下他的側腹。

「只不過，我們需要的物品——神叫我們帶回來的東西除外！」

幹麼啦——她無視板起臉來的新手戰士，大聲補充。

「嗯。」礦人道士滿意地點頭。「就這麼做唄。」

「——」

女神官什麼話都說不出來。

她一屁股坐到椅子上，望向手邊的茶杯。空空如也。什麼也沒有。

夥伴們以妖精弓手為首，興致勃勃地開始討論要做哪些準備。

她很高興大家有這份心意。自己的提案被眾人接受了。只不過……

「……明天，等雪勢變小就出發吧。」

夜晚還很漫長，雪也下得愈發猛烈。

第2章

『漂泊的小鬼殺手』

「記得弄乾淨。」他說。「否則會凍傷。」

「嗯、嗯……」

她緊張地揪住衣服，環視好不容易逃進來的破屋。

這棟屋子殘破到難以稱之為家。讓人聯想到家的殘骸、曝屍荒野的骸骨。

不過，勉強保有形狀的屋頂及斷垣殘壁，為他們擋住了風雪。

雖說完全稱不上溫暖，這種時候也不能奢求更多。

「幸好在下雪。」

哥布林殺手透過牆上的破洞，觀察室外的狀況。

被白色黑暗覆蓋的夜幕中，好幾雙彷彿燃燒著火焰的眼睛亮著凶光。

氣溫這麼低，哥布林們卻若無其事地四處走動。

然而，他們的動作比平常更缺乏活力，看起來毫無幹勁。

哥布林這種生物，經常將自己怠惰的原因推給外在因素。

下雪天氣很冷，所以工作偷懶也是無可奈何——照這麼看來短時間內應該不會被發現。

「也能蓋過味道。」

直截了當的這句話，令牧牛妹的臉紅到一眼就看得出來。

「不、不可以看這邊喔？」

「嗯。」

哥布林殺手聽著背後傳來解開皮帶的喀嚓聲，面向室內。

雖然大部分的物資都被掠奪走了，說不定還剩下些什麼。探索是不可少的。

畢竟他們可是哥布林。並非多擅長找東西的種族。

「……欸。」

伴隨衣物摩娑和布料擦拭肌膚的聲音，牧牛妹悄然喚道。

「……你會不會笑我，或是……覺得我沒用，之類的……」

「不會。」

他邊回答邊慎重地在腐朽的櫃子中摸索，以免發出聲響。

大概是覺得只回答兩個字不夠吧，他吁出一口氣後補充：

「以前，老師教過。」

「老師……你的？」

對。哥布林殺手點頭。令人再三感受到，真是位自己配不上的偉大師父。

「危急時刻，身體會排出重得跟屎一樣的東西準備逃跑。」

「屎……」

「老師說的。」他冷淡地續道。「似乎是還沒放棄的證據。」

哥布林殺手無視感到羞愧的牧牛妹，從櫃子裡扯出被蟲蛀得到處都是洞的毛毯。

外套在逃跑途中被吹飛了，因此這條毛毯此刻足以媲美高級的魔法風衣。

哥布林殺手將毛毯扔給身後的她，接著說：

「心靈暫且不提，身體——」

「……」

「既然身體還沒放棄，剩下就要看幹勁了。」

牧牛妹沒有回話。

只聽得見一、兩聲細微的呼吸和「嗯」的呻吟。大概是在擦拭汗水和穢物的痕跡。

哥布林殺手接著注意到泥土地的一角，反手從腰間的劍鞘抽出短劍。

「師父說，會嘲笑這點的是無知的白痴，浪費精力去忍耐的則是不想逃的傻子。」

「……那，就這樣死掉的是？」

短劍的劍刃刺進泥土地，馬上碰到堅硬的物體。哥布林殺手將它挖了出來。如他所料，用木板當作上蓋的地洞裡，埋了數只瓶子。

過了這麼久，內容物大部分都腐壞了，不過肉乾只要削掉發霉的部分就不成問題。

「蠢貨。」

「……是嗎。」

好了。聽見牧牛妹微弱的嗓音，哥布林殺手緩緩轉身。

她將身體清潔乾淨，穿好襯衫及內褲，將長褲晾在廢木材上，手中拿著毯子。

哥布林殺手毫不猶豫坐到她旁邊，遞出削掉表面發霉處的肉乾。

「吃吧。有總比沒有好。」

「……嗯。」

她點點頭，也在他身旁坐下，將柔軟的身體靠過去。

隨後用毛毯裹住兩人，像要掩飾臉紅似的低下頭。

「欸，有沒有……味道？」

「不介意。」

「……那不就是有的意思嗎……」

牧牛妹的嘆息，變成白煙飄向上空。

她的身體不停打顫。想必是冷到無法克制吧。

「……還好嗎？」

「……嗯。」

回答哥布林殺手的聲音也很小。彷彿每問一次，她的力氣都在逐漸流失。

牧牛妹慢慢嚼著又冰又硬的肉乾。

哥布林殺手也從鐵盔縫隙間把肉乾塞進口中，邊嚼邊在雜物袋裡摸索。

顯然沒辦法生火。不過，這並不構成可以置之不理的理由。

不巧的是，雪本身並非這股寒意的直接原因，「呼吸（Breathing）」戒指派不上用場。

既然如此——……

「喝掉。」

他遞給她的是活力藥水（Stamina Potion）。

看見在瓶中搖晃的藥液，牧牛妹眨眨眼。

「可以嗎……？藥不是很貴……」

「為了必要時用才買的。」

「……謝謝。」

她以雙手接過，費了一番工夫拔去瓶塞，戰戰兢兢地湊到嘴邊。

然後咕嘟咕嘟吞下，吁出一口氣。

「……嗯，好暖和。」

或許只是在逞強，但她點頭時，臉上甚至帶著笑容。

「給你。」

「嗯。」

哥布林殺手接過她遞還的瓶子，大口喝下。

微苦的藥水，帶來從內側逐漸傳遍全身的熱度。

「想睡可以睡。這個氣溫還死不了人。」

「……你這樣講，反而讓人無法放心耶？」

「開玩笑的。」

牧牛妹的笑容變僵了。哥布林殺手無視它，再度窺向廢屋外面。

要逃出去，還是等待救援？

——只是幾天的話，不成問題。

即使被困在下雪的黑夜中，想逃過哥布林的搜索並不困難。

雖說那些傢伙白天黑夜都有辦法行動，論藏身處的數量和天氣之嚴寒，雙方條件相同。

他認為就算要以讓身旁的少女平安回家為大前提行動，也不成問題。

——當然，得試試看才知道。

兩人的對話至此中斷。

五感能認知到的，只有她不時微微扭動身子時傳來的柔軟及熱度。

胸口上下起伏，發出細微的呼吸聲。

哥布林在外頭大叫，踢散地上的雪。

但無論是哪一種聲音，感覺都很遙遠。

沒多久，牧牛妹的眼皮愈變愈重。

她傾向一旁，倚靠著哥布林殺手。

然後——……

伴隨衝擊響起的爆炸聲，顛覆了現狀。

「——咿、嗚……!?」

她嚇得坐起身，一旁的哥布林殺手已經進入備戰狀態。

小心翼翼抄起武器、蹲低身子保持戒備的他——的視線前方。

牧牛妹看得一清二楚。

青黑色的魁梧身軀。額頭長出的角。散發腐臭氣息的嘴。拿在手中的巨大戰鎚。

牧牛妹驚訝地瞪大眼，擠出聲音喃喃問道：

「那……是，什麼……？」

「不曉得。」哥布林殺手簡短回答。「似乎不是哥布林。」

咚、咚，巨漢每走一步就令大地隨之搖晃，小鬼們諂媚地跟在周圍。

──原來如此，那就是頭目嗎。

「我見過那隻怪物。」

哥布林殺手說，謹慎地觀察怪物的動向。他叫什麼來著？

「混帳，還沒找到冒險者嗎！」

怪物扯開破鑼嗓子，發出沙啞粗沉的吼叫，踹飛腳邊的小鬼。

「GOBG!?」

「所以才說哥布林沒用……！」

他不悅地對倒在雪上，爬行著乞求原諒的哥布林罵道。

怪物把馬車殘骸當成椅子坐下，將戰鎚用力砸進旁邊的地面。

「……算了。對你們這幫傢伙多費口舌，憑那點智商也聽不懂。」

「GBOR……」

「少廢話，快把人揪出來。最先找到的隊伍，有權對那丫頭為所欲為。」

「GROGB！GOBOGR！」

「聽懂了就快幹活。」

哥布林邊跑邊用尖銳的叫聲傳達將領的指示。

眼看哥布林們的動作稍微多了些活力，哥布林殺手低聲咂舌。

敵人懂得如何提升小鬼的士氣。恐怖、欲望。兩者皆是。

——難纏。

他下達結論。

逃出去或等待救援都不容易。

「欸、欸……？」

身旁的少女抖得更厲害了。

哥布林殺手伸出手緊抓住她，緩緩按下。

「……睡吧。」

除此之外，想不到其他話好說。他收回握緊的拳頭放在劍上，冷靜地又說了一遍：

「睡吧……明天也會很難熬。」

「……嗯。」

牧牛妹點頭回答，乖乖閉上眼睛。只有一點睏，沒辦法睡得更熟。

哥布林殺手則睜著一隻眼，維持著戒心入睡。

他不得不這麼做。

「心愛之人快死了。眼前的哥布林要逃了。如何選擇！」

§

「我不知道。」

回答的瞬間，他的頭被狠狠揍了一下。

師父——老師用力揮出握著冰塊的拳頭。

他倒在昏暗的冰洞中，隨即被踹飛，但他已經無法區分冰冷及疼痛。

想躲過下一擊而起身環視四周，卻依然看不見師父的身影。

「啊——啊，真可憐！那傢伙要死在你面前囉！哥布林也逃掉了！」

玩完啦！黑暗中，不見蹤影的師父，正喀滋喀滋大啖著什麼。

是之前把他扔進雪原、叫他蒐集來的樹果。

他因此得知，即使身在只有雪和冰的深山之中，只要認真去找，食物可說多得驚人。

「怎麼？不會給你喔？想吃就再去多找些！這是我的份！」

是。他點頭。

他早已習慣師父的心狠手辣，但從未料到他會私吞自己採集來的食物。

壓根沒設想過。

畢竟師父一直教他「做人要誠實」。

「也罷。」師父發出粗俗的飽嗝聲。「總比說兩邊都要來得好。」

「不能都要嗎。」

「廢話！」

突然有個溼溼的物體黏在臉上。

大概是師父吐出來的樹果皮。他默默把臉擦乾淨。他可不想因此凍傷。

「這麼說就代表不明白問題的意義。看不清現實的傢伙，一下就會沒命！」

無藥可救。師父說，這次將果皮筆直吐向一旁。

「不過啊。」

師父稍作停頓。不用看也知道，他臉上正掛著奸詐的笑容。

「答案的碎片就在那裡。」

「碎片。」

「說到底，陷入那種困境的瞬間就已經夠愚蠢啦。」

讓人覺得不屬於這世界的低俗大笑聲，於冰洞內響起。

隨後，咀嚼聲從混濁的磨吭變成了清脆的啃咬。是蘑菇吧。

他思考了一會，開口詢問：

「可是，如果遇上了該怎麼做？」

「怎麼做？」

下一秒，一道白光擦過鼻尖。

銳利的短劍抵在他眼前。劍尖微微刺進臉頰，帶出鮮血。

黑暗中，圃人（Rare）炯炯有神的瞳眸近在眼前。圃人老翁笑了。

「當然是**什麼都得做**囉，心愛之人啊！」

§

「嗯、唔……」

她睡得很淺，所以醒來感到不舒服是正常的。

夜長，夢短。吵醒她的是身邊有什麼東西在動的氣息。

「醒了嗎。」

「哇……！」

牧牛妹急忙跳起，用毛毯遮住下半身，雙手捂住嘴巴。

捂住嘴後，她一時想不起自己這麼做的理由，不由得眨眨眼。

這裡是哪？不是自己的房間。他在。穿得跟平常一樣。

「……嗯。早安。」

「嗯。早。」

原來如此。思考終於跟上現實，她點了點頭。

在跟廢屋沒兩樣的屋內，狀況毫無變化。

牧牛妹冷得打顫，接著悄悄窺探室外。

至少在視線範圍內的雪地上，看不見哥布林的影子。

──太好了。

她撫著豐滿的胸部，鬆了口氣。

而他正在檢查裝備，與平常檢查柵欄時的模樣並無二致。

廉價的鐵盔、骯髒的皮甲，腰間掛著一把不長不短的劍，手上綁著一面小圓盾。

牧牛妹坐在地上抬頭望著他，嚥下一口唾液。

「……今天，要怎麼辦？」

「之後」怎麼辦，她問不出口。

「唔。」

他低聲沉吟，回答她的疑問。

「不管是要逃，還是等待救援，都得找下一個棲身處。」

「不能繼續睡這裡嗎？」牧牛妹環顧四周。「昨天沒被找到呀。」
「那就是今晚會來搜。」他直指重點。「而且，還需要食物。」
「食物……」
牧牛妹想起昨晚嚼的肉乾。一點吃過東西的感覺都沒有。
——便當。
如果沒在那個時候弄掉，就能給他吃了。
她低頭陷入沉默，而他不曉得是如何理解這個舉動，平靜地接著說：
「趁哥布林在睡，我出去探索。妳在這等。」
「咦，不要。」
立刻回答。
她也不明白自己為什麼會這麼說。
那麼，他肯定更不明白。
「為何。」
——我的嘴巴自己動了。
總不能這樣告訴他。
牧牛妹「呃」地視線游移，搜尋著答案。
在屋內找不到。在屋外、雪中也找不到。牧牛妹於是按住胸口：

「要、要是被哥布林發現，我一個人什麼都做不了嘛……」

那是事實，對她而言稱得上不錯的理由。至少以臨時想到的來說。

──不想一個人……嗯，的確，這也占了部分原因。

她無法否認。牧牛妹雙手緊緊交握於胸前，抬起視線看著他。

「……不行嗎？」

「……」

他低聲沉吟。

現在的處境，她也大致明白。她認為自己明白。

因此，這次她不打算強人所難。

如果他說不行，那就這樣吧。

「……抱歉。」

「啊……」

果然。牧牛妹搖頭回答「不會啦」。

「沒關係……別介意。」

「比起兩處，待在同一處比較不好找。是我判斷錯誤。」

「──嗯？」

牧牛妹正準備說「我會乖乖在這等你」，聞言納悶地歪過頭。

「確實，妳待在身旁，遇上狀況我才能處理。」

「……所以是，我可以跟去、的意思？」

「動作快。」他沒有直接回答，簡短地說。「時間寶貴。」有需要的東西就帶上。

他說完便轉過身，牧牛妹連忙在周圍摸索。

首先是自己現在蓋著、昨天他扔過來的毛毯。

她迅速將毛毯披在肩上代替外套，冰冷的空氣撫過下半身。

——啊！

牧牛妹一下子紅了臉，手忙腳亂地拿起晾在一旁的長褲。

然後把腿和屁股硬塞進去，勉強繫好皮帶。

他應該沒在注意這邊吧？希望他就這樣無視下去。

「呃、呃，還有，武器……」

「不需要。」

他說得斬釘截鐵。

「碰上妳必須使用武器的情況，直接逃走更好。重物太礙事。」

「嗯、嗯……」

重物一詞，令她想起昨晚的對話。幸好褲子已經乾了。

只有一條毛毯實在很不安，不過她沒有再反駁，選擇乖乖聽話。

「走了。」

「……嗯。」

若非迫於無奈，說實話，她並不想承認。

但，他──她的青梅竹馬，是哥布林殺手。

§

「果然有夜警之類的嗎。」

藉由廢村的殘骸，哥布林殺手潛行在暗處之間，低聲說道。

小鬼們接獲巨魔（雖然他不記得這個名字）的命令，睡眼惺忪地晃來晃去。

哥布林殺手從附近一隻哥布林的背後伸出手，用劍割斷喉嚨，讓他一覺不醒。

四周不缺藏屍體的地方。扔進雪堆裡就好。

血跡也是，不久後就會被暴風雪蓋過吧。下雪也不全是壞處。

「走。」

「嗯、嗯……」

牧牛妹瞄了埋小鬼屍體的地方一眼，畏畏縮縮跟在後面。

「……要找什麼食物？」

「不能寄望村裡有糧食。」

光看昨晚的肉乾，哥布林殺手不得不做出這個判斷。

況且就算真的有能吃的東西，哥布林也早就下手了吧。

他將積雪當成遮蔽物，悄悄觀察那些哥布林。

大雪帶來的白色黑暗，以單純的事實來說，是站在哥布林那邊。

凡人（Hume）無法在黑暗中視物，也不耐寒。

貼在他背後的牧牛妹肩上雖披著毛毯，卻顫抖不已。

鐵盔默默回望，牧牛妹肌膚凍得發白，嘴脣也毫無血色。

——看來是不能狩獵了。

對她造成的負擔太大。外加很可能被哥布林發現。

不。他搖頭更正自己的想法。

是被哥布林發現的可能性很高，對她造成的負擔太大。

這點萬萬不能搞錯。差點犯下跟剛才一樣的錯誤。

萬一弄錯優先順序，結果可能會害她喪命。

況且落到哥布林手中，通常不會只有喪命這麼簡單。

「……妳知道熊果嗎？」

哥布林殺手努力用平淡的語氣開口。

「咦」牧牛妹看起來愣了一下，但她立刻點頭。

「嗯，熊葡萄對吧？」

「說不定還找得到果實。」

要去找那個。哥布林殺手說，抬頭望向天空。

不停吐出白雪的灰色雲朵，又厚、又重、又暗。

風很大，雪勢毫無變化，也沒看到鳥。不過，要是看得見——……

「如果有看見鳥，照理說附近會有果實。」

「知道了……鳥對吧。」牧牛妹神情嚴肅地複誦。「熊果……還有呢？」

「石耳。」

「石耳……？」

哥布林殺手想了一下，笨拙地搭配手勢講解。

「扁的，黑色的，蘑菇。」

「啊，我知道……好。」

牧牛妹笑著說「是那個嘛」。

她的笑容因寒冷、恐懼及緊張而僵硬，是一抹完全稱不上在笑的笑容。

哥布林殺手仍舊點了點頭。回答「對」的聲音微微顫抖。

「走了，小心周圍。」

根本用不著提醒。

但他不得不說。

§

無法生火融雪，也無法接近有小鬼在看守的水井。

兩人之所以找得到水喝，是因為村外有座結冰的池塘。

「……你還真清楚。」

「雪會沿地形堆積……此外，有井就代表有水脈。雖然這裡應該是農業用的。」

他一面用短劍鑿冰，一面回答牧牛妹。

「哥布林不會發現這種地方。」

牧牛妹負責在他鑿冰期間警戒周圍。

她抱著用毛毯裹住的肩膀左顧右盼，打了個哆嗦。

「如果能用水井就好了呢。」

「哥布林也這樣想。」

沒辦法。他持續用短劍鑿挖，過沒多久便在冰上開出一個洞。

他把手伸進去檢查水質。並不混濁，看來是清水。

「喝了不會生病嗎？」

「旁邊有村落，用不著擔心。」

他點頭，從雜物袋拿出黑色的細管。

一端放進水裡，一端含在口中吸，等管子裡吸滿水再插進水袋。

接著把水袋放進事先於岸邊挖好的坑洞，水便順勢流了進去。

牧牛妹戒備著四周，一邊看他做事，疑惑地歪過頭：

「這根管子是什麼魔法道具嗎……？」

「樹液灌進筒子裡做成的。」他說。「只是因為水袋比水面低。」

水往低處流。僅僅是這麼簡單的道理，但他很不擅長說明。

「哦……」

牧牛妹半信半疑，坐到他旁邊。

他把手搭在腰間的劍上，像在警戒周圍般陷入沉默。

牧牛妹輕輕吐了口氣。

無論如何都不想離開他身邊。要是離開他，自己肯定會死。

——雖然我不希望他這樣想。

牧牛妹讓自己的心情隨著白色吐息呼出體外。

若能盡情依賴他，將一切交給他處理——儘管現在就是如此——該有多輕鬆啊。

——不過要是找這麼做，一切就都結束了。

無論他怎麼想，對她而言就是這麼回事。

「你懂好多喔？」

然而，光是輪流觀察四周和他，不足以撐過這段沉默，因此這句話從她口中蹦了出來。

「學過。」

回應很簡短。

「這樣呀。」

牧牛妹像要取暖似的抱住雙膝，往豐滿的胸口靠上去。

「你真聰明。」

「……不。」

他咕噥了一聲後搖頭。

表情被鐵盔遮住，無法判別，不過視線似乎直盯著水袋。

「老師常說我笨。」

「老師是……呃，說你嗎？」

牧牛妹眨了眨眼。她發自內心感到意外，實在不覺得他笨。

她往他那邊靠近了一些，側身窺探他的臉。

廉價的鐵盔，一如往常。

「我缺乏想像力。」他說。「所以，很快就會死。」

「死……」

牧牛妹不禁啞然，趕緊設法擠出話來。

「……你現在不是活著嗎？」

他死了她會很困擾。很快這兩個字非常討厭，令人不願多想。

「所以，老師叫我別去做誰都做不到的事。」

你不可能做得到。

你自以為比任何人都還要優秀嗎？

你是個隨處可見的傻子，不可能做到常人以上的事。

「哦……」

牧牛妹噘起嘴。總覺得不太高興。

有種那個自己素未謀面的老師在瞧不起他的感覺。

「……如果我當時在場，就可以幫你罵他一頓了說。」

「不過，老師也教過我，答案時常在口袋裡。」

「……嗯？」

這句話像謎題似的，牧牛妹沒能馬上理解。

她不禁歪頭，而他笑了——看起來像笑了。

「努力思考，做好自己能做的事……我是這麼想的。」

「自己能做的事……」

「任何事。」

「任何……」

「沒錯。」

他舉起水袋搖晃，發出咕嘟聲響。

確認裝滿後，再拿出另一只空的交換。

水又開始流進水袋。

「喝。」

「哇。」

他將裝滿的水袋扔了過來，牧牛妹在胸前輕輕接住。

「吃吧。還要繼續走。」

「啊，嗯。」

牧牛妹點頭，攤開包著在路上撿來的熊果的手帕。

味道自不用說，分量也離能填飽肚子差得遠。

「……你呢？」

「有這個。」

他把硬邦邦的黑色石耳塞進鐵盔的縫隙間。

儘管有發出咀嚼聲，牧牛妹怎麼看都不覺得那會好吃。

──不如說，原來可以生吃呀……

「唔」地一陣咕噥之後，她叫了聲「好」，把一半的蘑菇從他手中搶走。

然後邊說「嗯！」一邊將一半的熊果塞給他。

「唔……」

「我們平分吧！」

沒有給他反駁的機會。

趁他沉默之際，牧牛妹將石耳扔進口中。

她自認明白現況。

處境沒有任何改善。

可是水很冰，石耳很硬，而熊果酸酸甜甜的。

間章
「冒險開始前的故事」

是比禮服方便行動沒錯，但跑步時大腿會從開叉的部分露出來，很難為情。

對於這身還穿不習慣的服裝，她的感想如上，在走廊奔跑時不太方便。

她踩著毛很長的地毯，跑過漫長的走廊，推開盡頭那扇厚重的門。

「哥──不對，陛下！有事向您報告！」

「受不了，這次是什麼？天之火石？邪教的陰謀？還是有火龍飛來？我去處理！」

「陛下。」

一如往常，打斷辦公桌前的幽鬼胡言亂語的，是一旁的紅髮樞機主教。

存在感特別薄弱的銀髮隨從則守在辦公室入口，無奈地搖頭。

即便是被宮廷眾女性譽為一頭金獅的美男子，在這種操勞困頓的狀態下也會顯得失色。

王妹──如今也是地母神的信徒──忍不住苦笑，歪過頭問：「沒事吧？」

Goblin Slayer
He does not let anyone roll the dice.

「讓自己看起來沒事，即為王公貴族應有的姿態。」
年輕國王做了個深呼吸。
然後彷彿在看待耀眼之物般，望向有過慘痛的經歷，卻依然天真爛漫的王妹。
當然只是表面上的吧。想必是不願讓人為自己操心，才表現出活潑開朗的模樣。
不過，她變得會為他人著想，無疑是成長的證明。
是因為有地母神的引導？國王在內心簡單地謝過神，點了下頭。
「那麼，讓我聽聽地母神的寺院有何稟報。」
「嗯。雖然知識神方面表示，有些部分不對照曆法無法確定。」
——今年冬天果然變長了。
「不單純是氣候惡劣？」
「從北方山峰吹來的風，比以往還要冷冽……夏季期間也沒任何徵兆。」
「這次換天地異變啦……」
「……商會那邊也有點令人擔憂呢。」
平靜凜然的嗓音，配合國王靠到椅背上發出的吱嘎聲響起。
王妹會「哎呀」一聲睜大眼睛也不是沒道理。
辦公室一角，在客人用的桌椅上堆起文件山的，是她從未見過的女商人。

與很久以前某場晚宴上看過的千金小姐有點神似，究竟是──？

「因為萬一大家擔心發生饑荒，把物資囤積著不賣，金錢跟糧食就不會在市場上流動……」

「……到頭來還是會鬧饑荒。真難辦。」

不過，儘管只是在談公事，貴為國王的兄長卻一副跟她很熟的樣子。

這樣看來，是值得信賴的人囉？王妹瞥了紅髮樞機主教一眼，對方點頭。

──那就好。

王妹的思考模式很簡單，兄長信任的人就是自己人，如此罷了。

「果然得派冒險者走一趟啊。需要斥候。希望能力別太差。」

「我來安排。」

聽他們轉眼就制定好對策，王妹毫不猶豫地插嘴──提出自己的疑問。

「不能派兵嗎？」

「兵是用來打仗，而不是送去北方邊境漫無目的探索的。」

「……況且如果要出動軍隊，從事前整備、軍糧到善後，又是一筆開銷。」

國王苦笑著點頭，贊同幫自己補充說明的女商人。

「沒錯。要是覺得一切都能靠出兵解決，士兵跟人民就太可憐了。」

世上不存在能無限產出士兵的魔法壺。因此有時得輪到冒險者出場，不然可就頭痛了。

「不過這項任務很累人啊……我想想。」

國王望向走近書櫃、翻開今年度冒險者武鑑的女商人。

王都周邊一帶，有能夠派至北方群山的冒險者嗎？

擅長探索、腦袋轉得快、生還能力高、也有一定本領——……

「真是，標準未免太高了吧。」

「似乎有一位人選……」

女商人皺著眉歪過頭，用美麗的指尖滑過書頁上的文字。

「……但對方性格有些乖僻，不曉得會不會答應。」

「準備一份橫著看豎著看都長到不行的契約書送去。」

末尾加上一句賜他一樣想要的財寶。國王半是自暴自棄地說。

「若是熱愛冒險之人，這點條件應該就會上鉤吧。」

第3章
『步伐也要放輕』

Goblin Slayer
He does not let anyone roll the dice.

冒險者們在天亮的同時從鎮上出發，於途中稍事休息，順利在中午前入山。

「嗚咿咿咿……！好、好冷……！」

毫不意外，新手戰士忍不住哀號。不是他想得太簡單，也並非體力不足。是暴風雪。

雖說勢頭減緩了一些，從山頂吹來的風與雪依然寒冷難耐。

傳說中的霜之巨人、冰龍吐出的雪之吐息，就是像這樣嗎？

這種想像實在太過天真，但對現在的他來說，兩者都足以致命，差異並不大。

他拚命壓緊外套、蹲低身子，如爬行一般艱辛地於山道上前行。

跟在後面的見習聖女也連聲音都發不出來，用蜥蜴僧侶巨大的身軀擋住風雪，才勉強撐得住。

「很冷對吧？我就說嘛。」

妖精弓手得意地對兩人挺起平坦的胸部。

她抖動長耳——不對，沒有抖動。

森人那對有如槍尖的長耳，此刻用毛茸茸的耳套保護著。

「所以才需要這種裝備！呵呵呵，幸好之前有買下來……！」

「會真的冷到連耳朵都快掉了的，也只有森人囉。」

聽見礦人道士的調侃，心情大好的妖精弓手激動地回嘴「你說什麼！」也是一如往常的景象。

以吵鬧的鬥嘴聲為背景，女神官默默觀察蜥蜴僧侶的狀態。

「沒事吧？」

「唔、唔唔。哎，還撐得住。」

蜥蜴僧侶甩去鱗片上的雪，攤開手掌，露出戴在指上的戒指。

「呼吸（Breathing）」的戒指——魔法道具，跟之前哥布林殺手借給他們的一樣。

再加上他看起來穿得比平常多了些。

「不過，所謂的進化適應，便是要逐步跨越這些阻礙。」

比從鰓呼吸替換成肺呼吸輕鬆多了。

語畢，蜥蜴僧侶哈哈大笑，女神官聽不太懂這個玩笑。

但她之所以受得了在這樣的環境下行軍，也全是拜一年前的冬天所賜。

——這就是成長吧。

不僅僅是單純的變強，而是經驗的累積。

女神官緊緊按住外套領口，點了下頭，挑戰眼前的斜坡。

她將錫杖插在地上，支撐身體抵禦強風，向前、向前、向上爬。

陽光被灰色天空遮蔽，完全照不進來。

薄暗如同一片會讓人迷路的霧氣，感覺腳步一不小心就會踩偏。

即使如此，她仍然持續前行，走到一半突然想起什麼，轉頭望向後方。

——好遠。

不知道走了多少步。

以龍或巨人、鳥或風的移動距離來說，想必算不了什麼。

然而，夾雜著雪之白與岩石之灰的行跡，讓人意識到這段距離長得嚇人。

抬頭一看，山頂在雲的另一端，實在不覺得有辦法抵達該處。

——所謂的山，或許並不屬於有言語者的領域。

女神官吐出一口氣，盯著它化為白煙，如此心想。

雙手下意識將錫杖拉近，彷彿在尋求依靠。

「慈悲為懷的地母神啊，感謝您創造這片土地……」

她對地母神祈禱。不是在祈求加護，而是純粹的讚美。

諸神創造出的四方世界，是多麼遼闊呀！

光是要踏入無人涉足之地，就稱得上一場冒險。

「嗚嗚嗚，至高神大人……您的神諭太籠統了啦……！」

但，見習聖女終於受不了崎嶇的山路，哀號出聲。

扶著天秤劍哭哭啼啼的模樣，確實只是個剛脫離菜鳥身分的準新手。

看到她就算這樣仍沒有不支倒地，女神官輕笑出聲，和夥伴們用視線溝通。

沒人反對。

「那麼，我們休息一下吧。」

一行人選擇能擋風、又不會被捲入雪崩的岩石後方席地而坐。

他們圍成一圈，中央是礦人道士從觸媒袋中取出的火石。

「『跳舞吧跳舞吧，火蜥蜴，把你尾巴的火焰分一點給我』。」

雪下有未受潮的枝葉，「點火（Tinder）」之術在這時相當管用。

「那我來準備水。」

「喔，麻煩哩。」

礦人道士將營火前面的位置讓給女神官，她隨即用火加熱裝了附近積雪的小鍋子。

沒多久雪就融化成水，就這點來看，雪也十分有用。

「那個，直接吃不行嗎？」

見習聖女坐在地上調整呼吸，有點疑惑地問。

「直接把雪放進口中，算不上攝取水分。」

女神官回頭觀察他們，補充道：

「啊，還有，你們把裝備調鬆一點吧。這樣可以讓身體休息。」

「喔、喔。」

「……妳懂得真多呢。」

見他們慢吞吞地將背袋及鎧甲的帶子調鬆，女神官輕撫胸口。

——都是哥布林殺手先生教的。

夥伴們肯定發現了。

但他們看著擺出前輩架子的自己，卻只是加深笑意。

她為此感到羞愧，卻又覺得高興，揚起嘴角。

「好，接下來就是酒囉。」

抓起掛在腰間的瓶子，斟了滿滿一杯火酒的，當然是礦人道士。

「謝、謝謝……」

新手戰士慌張地接過杯子喝下，立刻嗆得咳嗽連連。

「哈哈哈！小子，記好了。這種才算是真正的酒。」

「是、是……」

礦人道士奸笑著，將杯子傳給見習聖女。

「來。不喝個一口，身體會冷到動不了喔。」

「啊、哇，我、我就不用了……」

妖精弓手嗤之以鼻，「正常反應啦」幫連忙揮手的她說話：

「只有礦人才會興高采烈地喝礦人的火酒嘛！」

她邊說邊搜索雜物袋，「噹噹！」拿出一團用葉子包住的東西。

「這種時候，就該輪到森人的烤餅乾出場囉！」

一解開樹葉，烤硬的點心便散發出一股甘甜香氣。

「哇。」

忍不住歡呼的，是正好在往杯子裡倒熱水的女神官。

雖然能吃到的機會不多，森人的烤餅乾，如今已成了她最喜歡的食物之一。

「來～請用請用。酒這種東西給想喝的人喝就好。」

「謝、謝謝……。……!?」

妖精弓手得意地分配餅乾，見習聖女戰戰兢兢吃了一口，表情瞬間亮了起來。

瞧她像隻松鼠還什麼動物似的默默嚼著，似乎也很中意。

女神官一邊向妖精弓手遞出熱水，一邊眉開眼笑地開口：

「呵呵呵，這個真的很好吃呢。」

「謝謝。對吧對吧？我可是很自豪的喔！」

妖精弓手驕傲地挺起平坦的胸部，礦人道士輕輕「呿」了一聲。

「傷腦筋，少了嚙切丸就沒人陪我喝酒啦。」

「哈哈哈哈哈，哎，這也無可奈何。」

蜥蜴僧侶看著沉浸在美味點心中的女性，將水遞給新手戰士，一面轉動眼珠子。

「嗜甜嗜辣，端看個人喜好，貧僧也是比起蔬菜更愛鮮肉，唯有食性實在無法改變吶。」

蜥蜴僧侶大口嚥下火酒，興奮地從袋中取出起司啃食。

他張開大嘴，一口、兩口咬下得用雙手拿著的大塊起司。

看他彷彿要把獵物一口吞入腹中地吃著，打了個嗝，妖精弓手輕笑著說：

「你真的很喜歡起司耶。」

「喜愛的事物可謂多多益善。」

給我一口——纖細的手伸了過來，蜥蜴僧侶用爪子拎起一塊起司放上去。

妖精弓手吃得津津有味，見習聖女及新手戰士一副覺得很稀奇的模樣。

「怎麼了嗎？」

女神官問道，兩人「沒有啦」、「那個」害羞地搔著臉。

「我們很少跟這麼多人一起冒險。」

「通常都只有我們兩個……」

原來。女神官明白了。她自己起初也會不知所措。

雖然只消短短幾天——就習慣了通往與巨魔對決之遺跡的那段旅程。

理由只有一個，淺顯易懂。

「很開心對吧？」

少年少女面面相覷，坦率地點頭回答「嗯」。

「我也想過，要是有天夥伴能增加就好了。」

「哎呀，只有我一個你不滿意？」

見習聖女刻意鼓起臉頰。女神官遞出一杯熱水。

「不好意思。」見習聖女用雙手接過，吹涼後才喝下。

「……不過，如果人多會變得這麼熱鬧，那也不錯。」

「可別因此就大意囉。」

礦人道士笑著插嘴，彷彿要潑她一桶冷水。

他喝著自己幫自己倒的酒，同時剝去鬍鬚上的霜。

「雪精要是再這麼狂舞下去，當心被冰神的女兒吃掉。」

「那是什麼？」妖精弓手興味盎然地探出身子。「神明？天上的？」

「妳啊，身為上古的森人，居然沒聽過這個老故事？」

「總是會有記得跟不記得的事嘛。」

被瞪了一眼，森人依然毫不愧疚，礦人道士為她的態度深深嘆息。

「哎，說是神，指的並非天上的棋手，而是原初的巨人之流。」

「巨人……」

女神官朝自己的杯子吹氣，喝下熱水，吃了口餅乾。

——記得在去年的祭典上……

闇人（Dark Elf）試圖於收穫祭期間喚出的，就是古代的巨人。

雖然她是事後才聽說，難以想像當時萬一召喚成功，後果將會如何……

——啊。

由此聯想，自己穿著暴露服裝所跳的舞，也伴隨鮮明的回憶浮現腦海。

女神官對熱水吹氣，掩飾羞紅的臉頰。

「雖然諸神的戰爭遊戲已然遠去，肯定還有留在四方世界的傢伙。」

「強乎？」

面對蜥蜴僧侶的提問，礦人道士「那是當然」地打包票。

新手戰士跟見習聖女害怕地靠在一起。連銀等級都認為的「強」，他們無法想像。

「那些巨人啊，自稱冰之神，會吃掉所有踏進他們領域的人。」

「……女兒不會比較溫柔嗎？」

妖精弓手打了個寒顫，礦人道士沒有馬上回答，大口灌酒。

「聽說她擅長**做菜**。」

「…………」

女神官有些傷腦筋地搔著臉。妖精弓手表情窩囊，看上去都快哭了。

「雖不知是真是假，總之，聽說這座山中就有那樣的生物。」

「你不覺得應該早點說嗎……!?」

面對發出軟弱聲音的妖精弓手，礦人道士聳聳肩。

「講出來嚇到這群小鬼怎麼辦？」

「嗚嗚，至高神大人……」

見習聖女抓著天秤劍呼詠聖名。

新手戰士則一臉「真遺憾，我的冒險大概要到此結束了」的樣子。

好吧，能理解他們的心情。礦人道士的警告其實不無道理，但……

「……請你不要一直嚇他們喔？」

稍微擺個姊姊架子袒護一下，應該沒關係吧。

女神官語氣就重了那麼一點點，礦人道士聞言「噢！」地露出愉悅表情。

「哈哈哈，抱歉。哎，總之別大意就是囉。」

「……對呀！反正礦人說的話又不可信……！」

這塊鐵砧在亂扯什麼，礦人道士質疑的目光被她徹底無視。

妖精弓手恢復精神——儘管只是裝出來的——意氣風發地開始調整弓。

她重新裝好蜘蛛絲弦，確認緊度，「嗯」一聲滿意地點頭。

接著笨拙地對仍舊面帶懼色的兩位後輩瞇起單眼：

「放心，就算有那種怪物，我也會負責射死他！」

「可惜沒那麼簡單。」

除了兩人，一行人迅速對突然加入的聲音做出反應。

妖精弓手架箭上弦，礦人道士抓起袋子，蜥蜴僧侶露出利牙，女神官拿起熱水。

「咦？咦？」困惑的新手戰士及見習聖女旁邊，冒出一對白色的長耳朵晃來晃去。

「多虧那群傢伙，害我們超頭痛的。」

語氣悠閒，用雙腳站立的白兔——腰間掛著山刀的兔人，抖了幾下鼻子。

「是說，那個烤點心可以分我一塊嗎？肚子餓到不行了耶。」

§

「我們啊，一天不吃東西就會死。」

兔人山岳獵兵用門牙啃著烤餅乾，悠哉地說。

他若無其事地選了一條陡峭的山路，踩著碎步前進。

「這……樣、呀。」

跟在後面的女神官則累得氣喘吁吁。

畢竟這裡海拔很高，空氣十分稀薄。

妖精弓手笑著說「天空這麼遼闊，氣精靈(Aerial)都分散了」。

「雖然只要持續進食就能一直動下去啦，可是今年的冬天有夠難熬。」

「確實……冬天很漫長。」

連多少鍛鍊過的女神官，都要依賴錫杖才勉強走得動。

新手戰士仍堅持靠自己的雙腳，不過見習聖女已經在蜥蜴僧侶背上了。

「……還好嗎？」

「這個嘛，貧僧若不動動身體，也會熬不過去。況且凡人(Hume)的體溫真是恰到好處吶。」

© Noboru Kannatuki

女神官擔心地問，蜥蜴僧侶帶著一如往常的笑容回答。

但他的聲音不像平時那麼渾厚有力。對蜥蜴人來說，寒冷足以致命。

「要不要也像我一樣戴耳套？雖然應該不會有什麼差。」

妖精弓手輕笑著說。

動作沒有半點窒礙，或許是因為她原本就是在樹上生活的森人。

修長的雙腿輕快地跳著，跟在腰間掛著山刀、帶頭行走的白兔獵兵身後。

「欸，你不用戴耳套嗎？」

妖精弓手得意地觸碰包住兩耳的耳套，向白兔獵兵搭話。

「耳朵長很冷吧？」

「我們有毛皮所以還好耶。」

「……喔，是喔。」

妖精弓手立刻沮喪起來，走在隊尾的礦人道士毫不掩飾地嘆息出聲。

「別管這塊鐵砧了。還沒到嗎？」

即使體力不成問題，四肢長度實在彌補不了。

雖說山與礦人關係密切，他們的居住地依舊是在山下。登山應該不在專業範疇之內。

以兔人部落為目的地的旅程，對礦人道士來說相當艱辛。

「就快到了，真的快到了，再一下下。」

白兔獵兵說著，又輕鬆地跳過一塊岩石。

「真受不了。會變成這樣，全都是冰之魔女害的。」

聽說——兔人的部落一直過著挺和平悠哉的生活。

「我爺爺的爺爺年輕時，山腳的村落滅村了，導致我們跟凡人斷了聯繫。」

「這麼久以前……？」

女神官眨眨眼。曾祖父就已經是近百年前的事了吧。

「還好啦。」

白兔獵兵晃了下長耳朵。

「話雖如此，這也只是我們的感覺，實際上大概不到一百年吧。」

他從岩石躍向下一個地方，「哦？」一聲歪過頭。

然後若無其事地指向一點，補充道：

「啊，那邊下面是空的，請各位小心一點。」

「唔喔!?」

話才剛說完，新手戰士就陷進雪裡。

是雪簷——吹向山脊或裂縫的雪硬掉後形成的雪塊。天然的陷阱。

一旦掉下去會很難逃出來。大多立即死亡，不然就是過一陣子照樣會死。

「哇、哇、哇、哇……！」

他的冒險差點要就此畫下句點。礦人道士對驚慌失措的新手戰士伸出手。

「來！」

粗糙的手抓住還很細的手腕，一把將他拉起。新手戰士一屁股跌坐在雪地上。

掉下去的棍棒，也因為用繩子綁在手腕上的關係還掛在那。

「好、好險……」

「你在幹麼啊……！」

見習聖女尖銳的驚呼聲從蜥蜴僧侶背上傳來，新手戰士回了句「吵死了」。

妖精弓手似乎從見習聖女的語氣中感覺到她在擔心，喉間發出輕笑聲。

「這可是凡人看不見的危險喔。」

她跳過雪簷，彷彿只是要跳過一灘積水。

然後對其他人招手，指出安全的路線，微微歪頭：

「哎，總之沒事就好。所以，冰之魔女做了什麼？」

「就算同伴偶爾會被雷鳥、雪男（Sasquatch）吃掉，我們也不會抱怨。」

白兔獵兵將山刀深深插進腰間，疲憊地搖頭。

「但今年冬天變得特別嚴重。」

「……不覺得上個階段就已經很嚴重了嗎？」

妖精弓手露出嫌惡的表情，蜥蜴僧侶轉動眼珠子：

「弱肉強食乃遍行世界的偉大法則。」

「可是，那些雪男每天都要出來覓食，慶祝寒冬的時代來臨，害我們非常頭痛。」

連其他食物都會被搶走，最終不是餓死，就是被吃掉。

不幸中的大幸是，糧食和居民的數量尚能維持平衡，雖然原因很殘酷……

「我們一天不吃東西就會死的說。」

他又重複了一次剛才說過的話，默默垂下視線。

「寒冬的時代……？」

對女神官來說是令人在意的辭彙。原來如此，儘管當事人語氣悠哉，但這事可不是鬧著玩的。

冰之魔女率領一群雪男，襲擊村莊掠奪食物，吃人。

該輪到冒險者出場了。

視嚴重程度，只要國王一聲令下，說不定會是需要派兵的情況。

然而，兔人部落與外界沒有交流，也並未納稅，稱不上這個國家的一部分。

沒人會來拯救他們。不對——……

「……至高神大人。」

見習聖女趴在蜥蜴僧侶背上，握緊掛在脖子上的聖印。

為何下達神諭？

為何引導他們來到這座山？

她想必是確信了。

女神官瞄向正在鞏固信仰的見習聖女，點頭。

臉上自然而然浮現笑容，心情卻很複雜。

——我呢。

地母神會願意賦予我這樣的使命嗎？

我有辦法一直確實地達成任務嗎？

自身的信仰必須是毋庸質疑的。更遑論對神產生這樣的感情……

——哥布林殺手先生。

女神官突然想到，不曉得他現在在哪。已經回到鎮上了嗎？

他對於自己不在一事會怎麼想？如果他知道自己外出了……

會毫不介意，又獨自一人出發去剿滅哥布林嗎？

不知為何，一離開他，內心就焦慮不安。

女神官發現自己此刻莫名想見到他，深深嘆息。

——真是的。

又不是小孩子。

「嘿咿，嘿咿。到了，各位。就在那裡。」

白兔獵兵跳了最後一下，女神官望向他手指的地方，愣了半晌。

「哇啊……」

山脊與山脊的縫隙間，宛如一道裂痕的峽谷之間，鑿著數個小巢穴。

每個巢穴都鑲有漆得漂漂亮亮的門，門口延伸出的狹窄道路如同某種花紋。

和凡人、森人都不一樣，那是兔人們的部落。

美中不足的是，忙碌地在路上往來的兔人表情——那對長耳——有點無精打采。

「啊……！」

聽見見習聖女的驚呼聲，女神官疑惑地問：「怎麼了嗎？」

「看、看，那個……那裡！」

「那裡……？」

「村子的，正中央……！」

嗯？女神官定睛凝視，緊接著倒抽一口氣。

「原來如此。」妖精弓手感慨地呢喃道。「所謂的前無古人，還真不容易啊。」

部落中央，空蕩蕩的廣場上，有根細長的柱子。

是根長滿鏽斑的古杖。

由倒過來的劍與天秤組合而成——看得出歲月痕跡的古杖。

至高神的加護、救贖，確實存在於此。

§

「喂，媽媽！我帶至高神的使者來了——！」

「哎呀。」圓滾滾的白兔太太高興地雙手一拍。「那麼開飯吧！」

溫暖的招待，有如在迎接長年的友人。

白兔獵兵的家——巢穴，是由對凡人而言太小的入口，以及連蜥蜴人都能待得舒適的起居室構成。

天花板雖然有點低，用夏草編成的毯子卻很適合伸展雙腿。

更重要的是，白兔太太的款待有多麼周到，自然不必多言。

她彷彿早就料到有客人要來，煮了甜菜根湯招待一行人。

儘管味道吃不太習慣，光喝上一口湯，身體就整個暖和起來。

「噢，貧僧就免了。」

眾人享用著料理時，蜥蜴僧侶愧疚地說。

「實在是吃不慣蔬菜吶。」

「哎呀，真是抱歉。因為外子不在……」

「有事外出了嗎？」

女神官一口、兩口喝著湯，開口詢問。

「爸爸被做成好吃的派了。」

白兔獵兵從放在正中間的碗裡拿起生蘿蔔啃，感傷地說。

「啊，對、對不起……！」

女神官連忙低頭道歉，白兔獵兵甩手回答「沒關係啦」。

「我們不介意。死掉了又沒辦法。」

「……比起那個，這樣好嗎？」

妖精弓手硬是轉變話題，皺著眉頭問。

「食物不是也會被搶走？還讓我們吃這麼多……」

喂——見習聖女用手肘輕輕撞了下新手戰士的側腹。

新手戰士正好喝完第三碗湯，「幹麼啦」噘起嘴巴。

「啊，沒關係的。」

白兔太太笑咪咪地說。

「要是不好好招待客人，有損我們兔人的名譽。」

「喔喔。」礦人道士以紅蘿蔔汁代酒暢飲，點了下頭。

「為了旅人，不惜投身於火中的那個故事嗎？」

「神明大人因此認可我們的心意，教會了我們祈禱。」

「意思是……可以吃囉？」

妖精弓手一副有聽沒有懂的模樣，蜥蜴僧侶說：

「意即，蜥蜴人有蜥蜴人的神話，森人有森人的神話，兔人有兔人的神話。」

「所以啊，推辭兔人的招待才失禮咧。」

來，吃吧吃吧。「輪得到你來說？」妖精弓手斜眼瞪著慫恿眾人多吃一點的礦人道士。

「不過是真的唷。」白兔太太愉悅地瞇起眼睛。「大家盡量吃。」

她幫忙盛好第二碗湯，方才還在客氣的妖精弓手見狀，也樂得笑逐顏開。

自古以來，從未有人贏得過美味、溫暖、用心的餐點。

「那、那就再來一碗……」

實在不能怪女神官會輸給誘惑。

但那也是因為，兔人用的碗小得不得了就是了——……

「然後，那個……關於冰之魔女。」

喝完飯後茶，女神官清了清喉嚨，開口說道。

餘甘子茶帶淡淡苦味，像藥湯似的，喝一口便感覺口中一片清爽。聲音也流暢地發了出來，實在很有效。

「嗯，這個嘛，剛才也說過，深山的雪男對我們來說早就見怪不怪。」

白兔獵兵用毛茸茸的雙手拿杯子，晃著腿說。

「我之前就在想今年冬天好長、好難熬喔。結果不出所料——……」

就在這時。

咚。鼓聲伴隨震動地面的腳步聲——是腳步聲沒錯——響徹四周。直達腹部深處的聲響，令妖精弓手和女神官下意識身子一抖。

冬天到了。冬天到了。我們的季節來臨啦。

打出魔法的卡牌吧。

使出法術。大聲地唱。

骰子這種東西不屑一顧。

我們的武器是智慧及力量。

來吧決鬥吧。分出高下吧。

冰之魔女所言甚是。

偉大的山不需要弱者。

屍人之夏已成過往。

偉大的山也開滿黑蓮花。

冬天到了。冬天到囉。我們的季節來臨啦！

那是震耳欲聾、宛如雷鳴的歌聲。

「什、什麼聲音呀……!?」

妖精弓手急忙拿下耳套，瞪大雙眼。

「……來了嗎，那些傢伙。」

白兔獵兵板著臉跳起來。

「媽媽，媽媽，快點躲進糧倉裡。」

「好好好。」

「弟弟妹妹還有弟弟弟弟妹妹弟弟妹妹也麻煩妳囉！」

「他們很快就會跳回來啦。」

白兔獵兵慌張地催促著，白兔太太則悠哉回應。

冒險者們──除了新手、見習那兩位──將視線從兩人身上移開，衝向窗邊。

蜥蜴僧侶彎下巨大的身軀，和礦人道士並肩窺探室外。

「術師兄看得見嗎？」

「有困難……喂，妳呢？」

被指名的妖精弓手咕噥著「看不見啦」，搖晃長耳。

「不過交談跟腳步聲有三道。敵人總共三隻吧。」

「嗯，沒錯。」

白兔獵兵將山刀斜斜插進腰間。

「是平常會來的那三個。今天我一定要砍下他們的頭……！」

女神官豎起白皙美麗的手指抵脣，「嗯……」陷入沉思。

敵人來襲。必須迎擊。無須猶豫。

——換作是哥布林殺手先生的話。

然而，那個人的確不會煩惱，卻會在思考過後才行動。

歌。巨人。魔女。

「……我們也去吧。」

女神官果斷地說。

「畢竟我們，就是為此而來的！」

冒險者們立刻點頭回應。

這一次，新手戰士跟見習聖女也跟上了。

§

「好了，要跟咱們決鬥的是誰呀啊？」

「是我！」

聽見在山谷間迴盪的嘶啞吆喝，勇敢的野兔少年從巢穴裡跳出來。

又矮又胖的雪男（Sasquatch），是擁有白色毛皮的人形異獸。

比祖先——原初的巨人瘦小許多，乍看之下還有點像大型猿猴。

但他們的身高輕易超過了十英尺（約三公尺），渾身長滿肌肉。

在嬌小的兔人眼中，儼然是足以佇立於大地的巨大之人，字面意義上的巨人。

「喔，是你呀啊。」

「怎麼辦咧咿。」

「比力氣的話，肯定是咱們贏嘛啊。」

而且還有三隻。

帶著愚蠢笑容的他們，正是這個部落的威脅之一。

決鬥——如此提議的，當然也是這群雪男。

只要大鬧一場他們就會贏，顯而易見。這種小村落根本不被放在眼裡。

但這樣有什麼好玩？

所以雪男說，跟我們比賽，贏了就放過你們。

相對的，輸掉的傢伙要任憑他們處置。看是要吃，還是當成玩具。

兔人們當然不得不答應。

總比直接發狂攻擊，把大家殺光來得好——……

「好，那來賽跑唄咿。」

一隻雪男這麼說，指向村外的熊果叢。

「最先拿到那邊的果實的人贏。可以吧啊？」

「好！」

野兔少年幹勁十足地擺好架式，在雪男大喊「開始！」的瞬間飛奔而出。

儘管稱不上全村第一，但他腳程很快，也熟知村裡的地形。

行動敏捷又機靈，因此他雖不認為自己會贏，也完全不打算輸。

雪男第一腳就踩爛了他。

「————————！？！？」

他發不出慘叫聲，待在巢穴觀察情況的居民們，代替他尖叫出來。

雪男跨出第二步拉近距離，在第三步將熊果叢連根拔起。

「哈哈，是咱贏囉喔。」

「啊……嗚……咿、嘰……」

感覺全身的骨頭都錯亂了。

起初連疼痛都感覺不到，只有令人窒息的衝擊。

然而現在，野兔少年已經連一根手指都動不了。

他痛得在地上掙扎，痛楚增強為數倍、數十倍，竄過全身。

彷彿被雷劈中——他連這麼想的力氣都沒有。

直到最後都沒那個心思。

想必他連自己被雪男抓住耳朵拎起來、整隻扔進嘴裡，都沒能發現吧。

「嗯唔——小兔子，碎骨頭這麼多肉卻很少，不好吃。」

「你這傢伙，是怎樣？明明什麼都吃，還要裝美食家？」

「分量太少果然有點空虛。」

「話說不是叫咱們抓活的回去？」

「才吃一隻而已，不會被發現啦啊。」

雪男發出「啪哩啪哩」、「喀滋喀滋」的咀嚼聲，咬碎骨頭悠哉地聊天。

終於抵達現場的女神官一行人在旁邊看著，為之戰慄。

「太遲了……！」

躲在建築物後面的女神官雙手握緊錫杖，咬緊牙關。

——就算提早趕到，也不覺得能做些什麼。

女神官拚命否定浮現內心的喪氣話，瞪向雪男。

她最討厭這種想法。

至少她不會說那一天、那個時候，潛入小鬼巢穴的夥伴做了錯誤的抉擇。

唯有自己絕不能這麼說。理應如此。

「怎、怎麼辦……」

見習聖女帶著無法下定決心、不知所措的表情咕噥，「這還用說！」白兔獵兵於是叫道。

「下一個換我去！」

「啥……!?」新手戰士大喊。「住手，沒看到他們那麼大隻嗎!?」

他急忙按住白兔獵兵，只見他「放、開、我——！」地掙扎著。

幸好新手戰士力氣似乎比較大，女神官暫時將注意力拉回，確認現況。

敵人有三隻。體型巨大，具有怪力。一如新手戰士所言。

速度緩慢。但可以靠體格彌補。智商——無從判斷。

——換作是哥布林殺手先生……

女神官在腦中想像他平常的行為，然後照做。

「你……怎麼看？」

「這個嘛……」

蜥蜴僧侶轉動眼珠子，一副覺得很有趣的模樣。

女神官有種意圖被看穿的感覺，垂下視線。臉好燙。

「俗話說頭腦簡單，四肢什麼來著的。這麼說倒也沒錯……」

蜥蜴僧侶用鉤爪敲敲自己的頭。

「重要的是腦袋相對於身體的比例。單純的智慧指的是這個。」

「嗯……頭好像比凡人還小，大概跟猴子差不多。」

妖精弓手盯著雪男看，藉由豎起大拇指目測尺寸。

「可是，這地方不適合開打啊。」

在她旁邊皺起眉頭的礦人道士，不悅地持續灌酒。

「畢竟這裡可是大街上。那群傢伙鬧起來就麻煩囉。」

「因此，貧僧認為堂堂正正答應決鬥，直取先機方為上策。」

語畢，蜥蜴僧侶做了個總結。

「那麼，神官小姐有何打算？」

一行人的視線集中在女神官身上。連被新手戰士制住的白兔獵兵都看著她。

——呃……

女神官豎起纖細好看的食指，抵著嘴唇「嗯」思考著。

時間不多。手段也有限。必須整理思緒。必須動腦。

——那個人也一直都是這樣嗎？

思及此，她微微揚起嘴角。心情變輕鬆了一些。

「……走吧。」

她心想，動手去做吧。

「我有計策。」

§

「我來當你們的對手！」

一道聲音凜然響起，雪男們不停眨眼。

嬌小瘦弱的少女，自兔人村落深處的小屋後面走出。

是凡人。身穿神官服，手握錫杖。是冒險者。

雪人們對視著，咧嘴一笑。

「妳誰呀啊。嗯？想從頭開始被咱吃掉嗎啊？」

「比起吃，拿來當玩具也不錯哦喔。」

「別這樣，別這樣，會裂開來肚破腸流的。」

聽見那低俗的——儘管對方並不這麼認為——笑聲，少女僵住身子。

這讓他們覺得很愉快，雪男的大笑聲在峽谷間傳得更開了。

「我、我……」

「這位少女名為沒有人（No Man）。」

莊嚴的聲音，突然接在少女顫抖著的嗓音後響起。

仔細一看，是名彷彿從地面上緩緩長出、與雪男相比顯得十分渺小的蜥蜴人。

「賭上父祖之名，要與諸位一決雌雄。不是其他人，正是這位無名的小姑娘。」

雪男們無視連忙對蜥蜴人鞠躬的少女，納悶地歪過頭。

那個蜥蜴人是混沌的眷屬嗎？

不知道。大可無視。乾脆吃掉算了。

但萬一他是混沌的眷屬？是冰之魔女的朋友？

他們可不想之後被臭罵一頓。

再說，那傢伙看起來很難吃。要吃的話還是小女孩比較好。

那麼就決定了。

「好呀啊，沒問題。」

其中一隻雪男，用對本人來說寬容又偉大的態度點頭。

「所以，要比什麼？」

「呃，那就……」

雪男們打從心底為無名少女左顧右盼、陷入沉思的模樣感到愉悅。

沒啥大不了——這是場一開始就知道會贏的比賽。

不可能輸。所以愉悅。

是混沌的眷屬、不祈禱者特有的，傲慢且駭人的思考模式。

「那就，那棵樹。」

不久後，少女指向村外的一棵樹。

「最先讓那棵樹的樹葉落下的人贏……怎麼樣？」

「咱無所謂。」

「還有……」

少女略顯不安地用顫抖的聲音補充。

「規則是不可以碰觸對手的身體……」

「行，行。」

雪男咧嘴笑著答應。對在背後等待的兩位同胞使了個眼色，點頭。

「不過如果妳輸掉，就要送給咱們當**紀念品**。可以吧啊？」

「好的。」女神官點頭。「任憑各位處置。」

「那就開始囉喔！」

踏出一步時，他已經覺得自己贏定了。腦中全是之後要怎麼做。

生吃有點膩了，料理一下也不錯。

做成絞肉烤來吃如何？

用不至於捏碎腦袋的力道把她拎起來吧。這個小丫頭八成會像蟲子一樣，甩動雙腳掙扎。

再用另一手的手指戳她肚子或胸部。

她肯定會哇哇大哭。然後隨意地撕掉她的四肢。

要是知道自己得受這種折磨，直到斷氣，那女孩會露出什麼樣的表情？

之後只要在她真的沒呼吸前不斷捶打她的肉，分量肯定會變多一些。

因此踏出第二步時，他沒有發現。

甚至根本沒看見無名少女拿繩索繫住小石子，用力一甩。

小石子發出嗡嗡聲飛去，從雪男的頭部旁邊擦過，命中樹幹。

樹葉發出啪沙啪沙的清脆聲響，紛紛飄落。

「成功了……！」

「什、呃……!?」

雪男大吼著轉過身。

他齜牙咧嘴，八成是想說「太卑鄙了」、「剛剛的不算」。

然而，下一刻他看見的是直直朝自己飛來的小石子。

碎石擊中額頭的沉悶聲響，是他最後聽見的聲音。

雪男連自己癱臥在地都不曉得，意識便墜入黑暗之中。

自古以來，巨人一向敵不過凡人的投石——……

§

「成功了！」

女神官大聲歡呼，指向發出巨響倒在地上的雪男。

「獲勝的我，那個……擁有勝者的權利！」

蜥蜴僧侶「唔」點了下頭，然而雪男們當然不打算遵守這個判決。

他們激動地用雙手拍打胸脯威嚇，一面大吼：

「大哥！大哥被幹掉了！**沒有人**殺了大哥！」

但嚷嚷著面向女神官的那隻雪男，果然稱不上聰明。

他八成跟死去的兄長一樣，滿腦子只想著要抓起女神官捏爛她。

「『土精（Gnome）、水精（Undine），請織出一塊神奇的被褥』！」

因此，他完全沒發現礦人道士一直在自己腳邊打轉。

雪轉眼間化為汙泥，負責支撐他全身重量的雙腳陷進泥淖，動彈不得。

「唔、喔、喔……!?」

「啊——討厭！為什麼我最近都在做這種粗活……！」

也因此，妖精弓手拿著繩子在身旁繞圈，他同樣想都沒想到。

「呶、哇啊啊啊!?」

在這種狀態下不可能站得穩，雪男巨大的身軀歪向一邊。

隨後伴隨狼狽的慘叫聲及巨響，倒在地上。

咚——白雪如飛沫般噴起，雪男倒地時撞到頭部，失去意識。

「決鬥結果揭曉！」

這時，蜥蜴僧侶撲向被石頭擊中的巨人，按照規矩給予最後一擊。

被鮮血濺溼的他放聲宣言，音量宛如龍的咆哮。

「若要抵抗，下一個就輪到他，最後則會砍下你的首級，要你獻出心臟！」

「唔、唔唔唔唔……！」

最後一隻雪男，沒有選擇的餘地。

蜥蜴人言出必行。與秩序抑或混沌無關。

他瞥了一眼死去的兄弟，瞄了一眼昏倒的兄弟，退縮了。

就這方面來看，可以說他比兩位兄弟聰明。

「沒有人！沒有人殺了大哥！」

他急忙扛起兄弟，一溜煙逃往深山。

蜥蜴僧侶心滿意足地點頭，聽著逐漸遠去的腳步聲。

「這樣的安排，神官小姐可滿意否？」

「是的……謝謝你。」

女神官手放在平坦的胸部上，鬆了口氣。

心臟跳得好快。幸好一切順利。

──竟然得碰運氣，真討厭。

「好……厲害。」

「打倒他們了……」

讓他回過神的，是待在後方以備不時之需的那兩人。

負責壓制住白兔獵兵的新手劍士及見習聖女，不由得目瞪口呆。

「只是碰巧罷了……真的是，碰巧。」

他們的視線實在太令人害羞，女神官靦腆一笑。

「換成哥布林殺手先生，肯定會做得更好……」

肯定。她補上這句後，兩人露出難以形容的表情。

──為什麼呢？

女神官納悶地心想「我說了什麼奇怪的話嗎」。

「不過——啊，這不是在抱怨喔。妳是神官對吧？」

白兔獵兵似乎也一樣納悶。他晃動長耳，不安地詢問：

「那樣不就等於暗算人家嗎？沒問題嗎？」

「咦。」

女神官發出打從心底感到意外的聲音。

「可是，我確實沒有碰到他呀？」

跟一開始說好的規則一樣。

不久後前來與其他人會合的妖精弓手聽見這句話，默默仰天長嘆，自是不必多言。

兩人找到的藏身之處，是半地下的倉庫。

原本應該是民家的糧倉。

儘管已經腐朽了，對牧牛妹而言，這裡的構造似乎很熟悉，心情稍微平靜了些。

「哥布林搜過了。」

哥布林殺手說道，撈起碎掉的桶子的內容物。

就算是哥布林，也不會吃只剩下殼的穀物吧。

「因為他們很挑。」

這地方與室外的寒冷隔絕開來，稱不上溫暖，但能遮風擋雪。

牧牛妹癱坐在角落，吐出一口氣。

「待在這邊，就安全了？」

「無法斷言。」

不必說也知道，這句話在她腦中加了「暫時」兩字。

哥布林殺手抱著腰間的劍，坐到入口旁。

鐵盔不時會歪向一邊，觀察室外的情況。目前只聽得見風雪呼嘯而過的聲音。

「那些傢伙沒有勤快到搜過一遍的地方，會立刻再去調查。」

他停頓了一下，「不過」接著說，努力讓語氣聽不出疲憊。

「對手是哥布林。」

「……嗯。」

牧牛妹輕輕點頭，張開嘴，然後立刻閉上。

大概是覺得應該說些話吧。

哥布林殺手在鐵盔中移動視線望向她。

「什麼事。」

「沒有。」牧牛妹搖頭，無力地笑了。「沒什麼。」

「是嗎。」

「……欸。」

「怎麼了。」

「回家後，你想吃什麼？」

哥布林殺手思考了一下。

然而，這個問題根本不必思考。

「燉濃湯。」

「你好喜歡燉濃湯喔。」

「嗯。」

哥布林殺手微微點頭，閉上嘴。

牧牛妹看著他，再度開口，又立刻閉上。

因為她發現不該說話。

那是踩爛雪的聲音。

混在暴風雪中，輕盈又大剌剌的腳步聲。

——哥布林。

哥布林的身影落在倉庫入口，他幾乎在同一時間採取行動。

「GOROGB!?」

哥布林悠哉地打著哈欠，他上前捂住他的嘴，拔劍砍斷喉嚨。

暗紅色血液發出類似笛聲的聲音噴出，飛沫甚至沾到了牧牛妹臉上。

「咿……!?」

牧牛妹好不容易才克制住尖叫，哥布林殺手嘖了一聲。

他完全沒有責備她的意思。全是基於自責。

因此，對於之後發生的事也一樣。

那隻哥布林想做對哥布林而言再正常不過的事——偷懶。

話雖如此，名義上是要搜索冒險者。因此他手裡拿著劍。

哥布林的字典裡，當然沒有「為了同伴」、「自我犧牲」之類的辭彙。

就算有人去研究哥布林語，八成也找不到這個詞。

那隻哥布林只是在死前揮劍亂砍一通。僅僅出於身體的反射動作。

然而，他的劍敲到快要壞掉的桶子側面時，已經足以擊碎腐朽的木桶。

桶子上堆滿垃圾，紛紛發出聲響落下。

「……唔！」

哥布林殺手覺得，東西掉下來的喀啦喀啦聲，聽起來就像在擲骰。

那種鬼東西吃屎去吧。

「到後面去！」

「咦？啊……嗯、嗯！」

牧牛妹擦掉臉上的血，慌慌張張站起來照做。

他將小鬼屍體踢進倉庫，清出移動空間。牧牛妹抖了一下。

「不逃嗎……？」

「不馬上逃。」

哥布林殺手迅速從雜物袋中取出繩索，在入口的低處拉起。

隨後站在門旁舉起劍，調整呼吸，等候數秒。

腳步聲伴隨刺耳的叫聲接近——是哥布林。

「GOROBG！GOROBGGB……!?」

「二！」

跑進室內的小鬼被繩子絆倒，哥布林殺手揮下劍。

脊髓被打碎的哥布林連叫聲都發不出來，變成只會抽搐的肉塊。

牧牛妹這次沒有尖叫。

但她似乎在繃緊身軀，以便他接下來有任何行動時能立刻應對。

「三！」

下一隻哥布林也摔倒了，哥布林殺手用被血脂弄鈍的劍刃刺向延髓。

殺掉哥布林本身很簡單。問題是之後的事。

哥布林殺手拿著劍，拾起從哥布林手中掉出的槍。

入口立刻出現一道影子。哥布林殺手看都沒看就舉槍握牢。

「四！」

「GROGOBG!?」

被繩子絆倒的哥布林自己倒向槍尖，一命嗚呼。

哥布林殺手將武器連同被長槍刺穿的屍體一起扔開，喘了口氣。

「中斷了嗎。」

他甩去劍上的血，用哥布林身上破布擦拭血脂，檢查狀態。看來還能再用一陣子。

「……放棄了？」

「若是如此，就用不著辛苦。」

怎麼想都不可能。哥布林殺手冷靜地說，左手牽起牧牛妹的手。

「走了。」他接著又說「別停」，認真地補了句：「會死。」

「嗯、嗯……！」牧牛妹握緊他的手。「……知道了。」

哥布林殺手左手加重力道，一口氣從倉庫衝進雪中。

「GORG！」

「GOROOGOR！」

看得出等在外面的哥布林們，因為他們的動作比想像中還快，驚訝得面容扭曲。

——活該。

那群哥布林拚老命搬過來的，是冒著蒸氣的大鍋——熱水。

有在過去的戰鬥中學到攻城技巧的傢伙嗎。

「五──六、七！」

哥布林殺手的行動十分確實。

劍在手心轉了半圈，他反手握住劍柄，擲出。

「GOBG!?」

手腕被刺中的小鬼慘叫出聲，沒考慮後果就鬆開抬鍋的手。

「GOROGBBGB!?」

「GRG!?ROGBB!?」

三隻哥布林當然被沸水澆了一身，賣力掙扎。

再怎麼用雪冰敷，全身依然迅速膨脹起來。不可能得救。

哥布林殺手跑過那群哥布林旁邊，撿起被燙熱的棍棒。

不必給他們最後一擊也會死。哥布林不會拯救同胞。

──哥布林聖騎士。

前提是沒有這類型的哥布林。

「GROGOB！」

「GOOGOBOGR！」

哥布林們一看見哥布林殺手跟牧牛妹，立刻蜂擁而上。

懷著因同胞的死產生的恐懼、焦躁，對為所欲為的冒險者的憤怒，以及對少女的欲望。

要是平常，他會殺得一隻不剩。

面對大群哥布林時，只要移動到據點或陣營內，多少隻都殺得掉，而不是在平地與之正面交鋒。

「還跑得動嗎。」他問，然後想了一下，補充道：「可以閉上眼睛。」

「跑得……動……！」

牧牛妹喘著氣說，拚命跟上他。

「因為我有在……鍛鍊！」

「好。」

然而，沒時間了。

該如何是好。必須思考。在口袋裡面。快想。

雪。哥布林。廢墟。冰。池塘。哥布林。看守。水井。哥布林。哥布林。哥布林。

「——！」

哥布林殺手做好覺悟，衝向前方。

無論如何都得暫時分散哥布林的注意力。不難。

「喂！」

「什、什麼事⁉」

「腰後面。拔出掛在那裡的短劍！」

「短、短劍……⁉」

他感覺得到，牧牛妹正邊跑邊搜著身上行囊。

「呃……」她的語氣很困惑。「這個奇形怪狀的東西……⁉」

「對！」

哥布林殺手賞了附近的哥布林一棍，一邊回答。八。

「對樹扔出去！」

「可以嗎⁉」

「無所謂！」

他沒有再出聲。他知道牧牛妹點了下頭。這樣就夠了。

他舉起棍棒，扔向毫無戒心，悠哉地跑過來的哥布林。

棍棒擊中哥布林的額頭，脖子往不正常的方向扭曲。

「九！」

哥布林殺手把手伸進雜物袋的同時，牧牛妹吆喝道：

「嘿、嘿咻！」

確實聽見了擁有卍型刀刃、形狀邪惡的短劍發出的嗡嗡聲。

短劍劃出一道大弧，飛向對面，他明白那群哥布林的視覺、聽覺都在跟著它移動。

哥布林笑了。那女人在瞄準哪裡啊。真是個白痴。哈哈大笑。

顯而易見。牧牛妹沒受過訓練。不可能瞄得準。

因此，短劍的劍刃砍入樹幹。射中不會移動、體積大、在那之中最容易射中的東西。

「跳！」

「咦!?啊，等等，那裡……不行!?」

被劍刃擊中的樹，樹枝晃動著把雪抖落。

到這一切結束，對笑了一會兒的哥布林來說，只是轉眼之間吧。

──那些傢伙跑哪去了？

哥布林萬萬想不到。

他們當然立刻開始推卸被獵物逃掉的責任，為醜陋的爭執揭幕。

因此，沒錯。

沒有半隻哥布林注意到蓋子打開的水井。

§

「嗚!?」

真的會讓人停止呼吸的冷水刺向全身，牧牛妹叫出聲來。

但她立刻眨了下眼睛。

沒有想像中的冷。不，不如說比外面更溫暖，而且……

「……有辦法，呼吸？」

「是『呼吸（Breathing）』的戒指。」

在水中聽起來比平常更加模糊的聲音，近在身旁。

是他。

他像要支撐、接住她似的，抱緊在水中搖擺的她的身體。

這個事實令牧牛妹「哇」繃緊身子，猶豫著該不該拉開距離，最後決定乖乖靠著他。

著急地亂動感覺很幼稚，她不想這樣，而且現在又是這個狀況。

牧牛妹在近距離抬頭望向他的鐵盔，緩緩歪頭。

「……戒指？」

「我幫妳戴上的。」

經他這麼一說，她低頭看去，發現直到前一刻都被他握著的右手上，戴著散發微弱光芒的戒指。

就是它在井水中保護著她吧。

有種身體周圍覆著一層神祕薄膜的錯覺，彷彿被關在氣泡裡。

似乎也不是完全碰不到水，她的頭髮、衣服都在水中搖盪。

隔著水面做成的透鏡抬頭一看，被切割成圓形的天空顯得遙遠又扭曲。

這裡是井裡。她重新認知到，接受了自己跳進井裡的事實。

「原來如此。」她說，氣泡跟著聲音從口中冒出，飄向上方。

「……希望你至少在跳進來前跟我說明一下。」

「抱歉。」他說。「沒空。」

「待在這裡，就安全了？」

「不知道。」

他回答，氣泡從鐵盔的縫隙間冒出。看起來像猶豫了片刻。

「跳水的聲音消失了。沒被看見。腳印應該也會被雪蓋過，難以追蹤。」

他像在逐一確認般——看起來也像在祈禱——喃喃說道，然後低聲補充：

「大概。」

「……………」

「對手是哥布林。沒什麼本領。不過，運氣好就會發現。可能性並不是零。」

「……會被發現嗎？」

「就算被發現，只要他們覺得我們是無處可逃才跳進來，就不成問題。」

戒指應該不會被注意到。這句話讓牧牛妹望向自己的右手。

跟他一樣的戒指。

牧牛妹對物品價格沒什麼概念。她是牧場的女孩，只懂農作物跟家畜。

不過，這是魔法戒指。肯定很貴重。

即使如此，她還是覺得之前他在祭典上買給自己的戒指更有價值。

「潛入水井確認屍體的難度很高。只要那個不知道叫什麼的怪物不下令……」

他穿著鎧甲。冰水。把人拉上去的麻煩程度。小鬼們的反抗。緩衝時間。

他自言自語了一遍，極其不悅地將話語連同泡沫一起吐出。

「全看運氣。無可奈何。」

「從平底鍋裡跳進火裡嗎。」

牧牛妹咕噥道，努力露出笑容。

「那也沒關係。」

她將頭靠向他堅硬的鎧甲，輕聲說道。

即使她緊貼在他身上，胸部都變形了，心臟的跳動聲肯定傳達不過去吧。

不希望他覺得，自己正因恐懼及不安而害怕著。

「我明白你很努力。」

「拿不出成果就沒意義了。」

他的語氣彷彿在唾罵自己。

「換成老師，肯定能做得更好。」

「可是，現在在這裡的是你。」

她搶在還想說些什麼的他之前開口，不打算給他反駁的機會。

「我是被你拯救的。」

「……是嗎。」

「是呀。」

「是嗎。」

嗯。牧牛妹點頭，在他懷裡扭動身軀。

她轉身靠在他胸前，仰望上方。

如果看得見星星或月亮就好了，天空卻依然灰濛濛一片，再說，現在其實才中午。

好歹是跟他一起逃難後投身井中，這個情境真是一點都不浪漫。

——算了，臉不會被看見就好。

平常總是只有他看得見自己的臉。偶爾這樣也不壞。

「……不如說，嗯，對不起。我才該道歉。」

「為何。」

「因為。」牧牛妹搔了下臉頰，不知道該怎麼說。「我很礙手礙腳嘛。」

「不。」

他立刻回答。

牧牛妹忍不住又眨眨眼睛。

「沒這回事。」

「……是嗎？」

「對。」

「這樣呀。」牧牛妹呢喃道。口中冒出氣泡。「這樣呀。」

他回答「嗯」，然後陷入沉默。牧牛妹也一語不發，望著天空。

從下方看得見輕輕飄落的雪花落在水面，漾起好幾圈漣漪。

雖然不是星星，目前的處境可不容她挑三揀四。

「會不會累？」

「不會。」

「睡一下也可以唷。」

牧牛妹不經意地玩起在水中飄盪的頭髮。

隔著水看，紅髮也變成跟平常不一樣的顏色，明明現在是這種狀況，她卻覺得有點有趣。

她忽然想起小時候，他們一起到附近的河邊玩耍過。記得是夏天。不是冬天。

「反正暫時不能離開這裡吧？」

「……」他低聲沉吟。「萬一他們扔石頭下來。」

「注意上方這點小事，我也做得到喔？」

他看起來十分猶豫。

但過沒多久，牧牛妹感覺到他深深吐出一口氣。

泡沫升向上方。

「……麻煩了。」

「嗯。」

牧牛妹輕輕移動身體，讓他比較好休息。

她踢了下水，像在跳舞似的扭動身軀，靠到他對面的井壁上。

水井果然是岩石做成的，又硬又冰。比他的鎧甲更硬更冰。

「……」

牧牛妹望向上方，然後瞄了他一眼。

鐵盔微微前傾，看得出他已經開始打盹。

不能怪他。畢竟從昨天開始，他的身體、精神就沒有休息過。

「欸。」

牧牛妹用真的十分微小的音量說著，以免干擾他的睡眠。口中冒出幾顆氣泡。

「……你想回去嗎？」

她沒有說回哪裡。她想聽見的並非答案本身。

過了一會兒依然沒有回應，等到牧牛妹覺得是不是睡著了時，他才開口：

「嗯。」

聲音斷斷續續，遲緩得有如出生後第一次嘗試說話。

「想回去。」

是嗎。牧牛妹點頭。

她抱住雙膝，像泡沫一般縮起身子，飄在水中仰望圓形的天空。

最討厭哥布林了。

間章

「小鬼不適合擔任軍師的故事」

Goblin Slayer
He does not let anyone roll the dice.

「混帳，還沒找到嗎！」

巨魔焦躁地踢飛代替椅子的瓦礫。

小鬼站得遠遠的，以免被波及到，其中一隻正趴在地上向巨魔報告。

巨魔並不喜歡這種諂媚的態度，但這群小鬼沒有在真正的意義上服從自己這點，他也看不順眼。

畢竟小鬼一詞，與陽奉陰違同義。

明明沒多少智慧，卻認為自己才是全世界最偉大的，其他生物都很礙事。

——雖然只要找對方式，也不是不能利用。

以嘍囉來說，沒有比這更適合的種族。巨魔也不得不承認這點。

數量多，適合派他們一股腦衝上前去搗亂。

就算想造反，也沒小鬼有能耐殺掉巨魔。

換成闇人就沒那麼簡單了。

——闇人嗎。

說到焦躁，那對巨魔來說也是件令人焦躁的事。

『我判斷您是魔神王大人麾下的其中一名武將。』

簡單來說，先前的戰役可謂慘敗。

自稱勇者的凡人（Hume）暗殺者，將在場的將領統統打倒，摧毀了他們的陰謀。

在秩序與混沌的軍勢正面一決雌雄的合戰中落敗，魔神王也被消滅了。

失去軍隊，逃到山中的巨魔拚命咆哮著「吾沒有輸」之際——……

『這就是所謂「喪家犬的遠吠」吧。』

出現在巨魔面前的闇人，徹頭徹尾是個表面恭維、內心滿是鄙夷的男子。

若是平常，他早就活生生把用這種態度跟自己說話的人四肢扯斷，從腸子開始吃起。

然而武器毀損、箭矢耗盡的當下，就算他再怎麼耍威風，也只會顯得可笑。

巨魔詢問對方來意，闇人那彷彿染上鮮血的唇勾起扭曲弧度，說：

『這是從我同胞拉攏的圃人（Rare）冒險者口中聽來的。』

——用卑鄙手段殺害您手足的冒險者，似乎就在西方的邊境——……

他知道自己被煽動了。淪為闇人的棋子。

闇人在圖謀著什麼，而自己僅僅是用來達成目的的誘餌。

不過，那又如何？

拿起武器，召集士兵——雖說是小鬼——為兄弟報仇。

只要能實現這個願望，他才不管什麼狗屁陰謀。

——但。

巨魔口中洩出沸騰的怒氣，「嘶嘶嘶」地像白煙一般噴出。

雪依然下個不停，空氣寒冷如冰，小鬼的士氣跌到谷底。

不，那無法稱之為士氣。是缺乏幹勁。

「你是俘虜玩膩了嗎？嗯？」

巨魔狠狠一瞪，剛才還在碎碎念抱怨的小鬼便急忙跑走。

這些傢伙只有在凌辱比自己弱小之人時，態度才會變強硬。真是無藥可救。

他們腦中，現在應該全是對跟隨巨魔的不滿吧。

八成是在想「只要打倒那個大塊頭，自己成為頭目，就能盡情享用溫暖的飯菜和女人」。

那顆小到不行的腦袋裡，肯定裝滿這種愚蠢的妄想。

——誰會聽他們的意見。

他望向被灰色的雪困住的廢村，尖叫聲再度從那裡傳出。

聽起來像豬臨死前的慘叫，那是瀕死的女人痛苦掙扎、求饒的聲音。

——真是，那群該死的哥布林……！

抓幾隻來殺雞儆猴好了。巨魔邊想邊站起來，又搖了下頭。

「噢，不，對了。」

沒錯，還有那招。

哥布林正因為是哥布林，才能用跟自己不同的低等級觀點看待事情。

「**殺雞儆猴**，或許是個好主意。」

第5章 『洞窟裡有魔物的影子』

冒險者們決定立刻踏進北方的山，不等夜晚降臨。

「所幸，貧僧等人只消耗了一次法術。」

蜥蜴僧侶的語氣，彷彿只是在聊晚餐要怎麼煮。

「依貧僧所見，最好追擊敵人，斬草除根。」

無人反對。

見習聖女和女神官幫兔人及雪男鎮魂後，一行人立即動身。

幸好——也不知該不該這麼說——過程跟前往村落的那段路比起來，輕鬆得嚇人。

「那些傢伙不會看路的。」

如走在前方的白兔獵兵所言，雪男們行走時，似乎會沿路把樹木撞斷。

拜其所賜，路都被踩平了，很好走，明確到頂著風雪也不可能迷路。

女神官鬆了口氣，儘管如此，依然小心慎重地前進。

Goblin Slayer
He does not let anyone roll the dice.

「他們住的地方，離這邊很近嗎？」

「嗯。」

白兔獵兵輕快地一躍，用被軟綿綿的毛包住的手指指向一處。

「看，在那。」

仔細一瞧，白色暴風雪的另一側，有個像滲進山中的黑色汙點的洞穴。

「洞窟嗎……還真經典。」

妖精弓手從岩石後面探出頭，抖動長耳。

「有聽見什麼嗎？」

「嗯……音樂，吧？」

妖精弓手回答女神官的提問，眉頭深鎖。

「大概是太鼓。吵得要死，跟礦人的酒宴一樣低俗。」

「要妳管。總不能像森人那樣把酒宴辦得死氣沉沉吧。」

礦人道士不悅地捻著白鬚，大口喝酒。

「不過，有個地方令人在意。」

「什麼啦？」

「精靈。冰精雪精跳舞很常見，但卻不夠優雅，不如說太放縱了。」

「因為是冬天嘛。」

你在說什麼蠢話——妖精弓手若無其事地挺起平坦的胸部，礦人道士用看待凡人（Hume）的眼神注視她。

「……我的意思是，她們完全沒在準備迎接春精靈。」

他嘆著氣，又喝了一口酒。

接著把酒瓶遞給默默瞪著洞穴的蜥蜴僧侶。

「感激不盡。」蜥蜴僧侶喉間發出咕嘟咕嘟聲，品嘗著酒的滋味。

「術師兄是指，沒有春天來臨的氣息？」

「就只有這一帶。」

蜥蜴僧侶「唔唔」鬱悶地沉吟。

「此乃生死攸關的問題吶。」

「難怪雪男那麼放肆。」

妖精弓手也板著臉同意。

在深愛花草，會因豐穰而喜悅的森人中，她也屬於特別開朗活潑、奔放的個性。

比起冬天，她當然更喜歡春夏。

然而，這並不代表能扭曲四方世界的自然法則。

抵抗可以。為了撐過寒冬所做的創意及對策，好吧，也能接受。破壞倒是不行。

森人明白，到頭來不管是誰，都不可能支配自然。

此時此地，森人深惡痛絕的混沌芽苗，正逐漸冒出。

「……只是進去排除（Hack and Slash）他們，果然解決不了問題。」

女神官神情嚴肅地說。

連剿滅哥布林都不容易了，遑論其他怪物。

「不過，」新手戰士說。「一般人有辦法操控季節變化嗎？」

「這個嘛，要說辦法的話……也不是沒有。」

礦人道士接過蜥蜴僧侶還給他的酒瓶，喝了一口，思考過後說。

「技術高超的精靈使，或是有名的魔法師可能做得到。」

「那就沒勝算囉。」

妖精弓手語氣輕描淡寫，聳聳肩膀表示無奈。

「礦人一定應付不來。」

「囉嗦，鐵砧。」

「幹麼？我沒說錯吧？」

吵吵鬧鬧。話題即將被司空見慣的爭執帶偏，女神官清了下喉嚨。

蜥蜴僧侶見狀，瞇起眼睛，女神官羞紅了臉。

「總、總而言之……只有術者做得到嗎？」

「不。」礦人道士慎重回答。「魔法道具也行。只要有那方面的手段，誰都做得到。」

「這樣呀，難怪。」

見習聖女咕噥道，一行人的視線瞬間集中在她身上。

若是平常，她大概會因害羞而臉紅，此刻的她卻沉浸在自己的思緒中。

「至高神的神諭……」

「啊，祂叫妳帶東西回來……」新手戰士雙手一拍。「就是它嗎！」

「目標決定是那個囉。」

女神官點頭。再怎麼樣，諸神都不可能告訴信者「遵從神諭是錯的喔」。

「那麼，是否要派出探子？」

「看那情況，敵人八成完全沒在警戒吧。」

「哎，這倒不必懷疑。」

蜥蜴僧侶與妖精弓手迅速交談。

女神官斜眼看著他們，忽然有種異樣的——毛骨悚然的感覺，伸手撫摸後頸。

汗毛倒豎，渾身起雞皮疙瘩。

——……這是什麼……

不明的感覺。

她一頭霧水，好像忘記了什麼，而自己正被催促著。

「……怎麼啦？」

礦人道士輕拍女神官的腰部。她嚇得抖了一下。

「沒、沒有。沒什麼……只是有點冷。」

「是嗎？」

礦人道士捻著鬍鬚，然後露出奸笑。

「好啦，別著急。妳也希望嚙切丸誇獎妳吧？」

「跟、跟哥布林殺手先生……！」

沒有關係。這句話被風聲蓋過，轉眼間就消失了。

§

妖精弓手靈活地於岩壁上奔馳，彷彿是隻真的兔子或某種動物。

為了避免落後，女神官拚命追在後頭，氣喘吁吁。

之所以還沒跟丟，是因為妖精弓手不時會停下腳步，晃動長耳。

「是說，這個組合沒問題嗎？」

「是的。因為，我們又不是去，戰鬥的……」

女神官抹去額頭的汗水，邊說邊調整呼吸。

「也對，再說我們之前也一起行動過嘛。」

是偵察。

動作遲緩的蜥蜴僧侶、礦人道士留在原地，白兔獵兵則負責警戒據點周遭，由她們兩人前往刺探。

見習聖女跟新手戰士當然也留下了，前往洞窟的只有兩人。

雖然白兔獵兵表示「由我去！」……

「一個人太危險，可是跟從沒一起探索過的對象搭檔行動，也很令人不安。」

「哦──」

妖精弓手探頭窺視洞窟，面對有如野獸巨顎的黑暗，做出不置可否的回應。

「哎，只要是妳思考過後下的決定就好。有點頭目(Leader)風範了嘛。」

「拜託別這樣……」

接近到這個距離，連沒有森人長耳的女神官都聽得見。

冬天到了。冬天到了。我們的季節來臨啦。

打出魔法的卡牌吧。

使出法術。大聲地唱。

骰子這種東西不屑一顧。

我們的武器是智慧及力量。

來吧決鬥吧。分出高下吧。

冰之魔女所言甚是。

偉大的山不需要弱者。

屍人之夏已成過往。

偉大的山也開滿黑蓮花。

冬天到了。冬天到囉。我們的季節來臨啦！

雪男的歌聲，配合聽起來像在揍人一般原始的太鼓節拍，於洞窟內迴盪。

女神官抖了下纖細的身軀。剛才感覺到的寒意似乎還沒退去。

「進去吧。」

「啊，是！」

妖精弓手鎮定地踏進洞窟，女神官跟在後面。

——好想點燈……

洞窟內一片昏暗，每次踩到腳下的碎石，都會發出十分冰冷的摩擦聲。

唯一的好處，就是可以不用確認那是不是骨頭。

點火當然是大忌。

因為這次跟平時的剿滅哥布林任務不同，不能被發現。

瀰漫洞窟的異味，全是女神官不習慣的味道。

大型野獸毛皮的味道。腐爛的肉及臟器、血液的味道。

跟骯髒哥布林的體臭及穢物截然不同。

讓人體會到其中的差異。

這裡毫無疑問，是雪男的巢穴。

女神官發現錫杖上的金屬環喀喀作響。手在顫抖。

「咦，啊……」

為什麼——這個疑惑閃過腦海。女神官急忙按住拿著錫杖的手。

——好可怕。

是剛才跟雪男對決時，也沒有感覺到的恐懼。

未知的領域。踏進怪物的棲息地。並不表示剿滅哥布林就不可怕。

不過，這是冒險。

「大哥被幹掉了！沒有人殺了大哥！」

突然響徹洞窟的粗野吼叫，導致女神官再度繃緊身子。

「噓。」妖精弓手豎起食指，「來這邊」將女神官拉到遮蔽物後面。

她溫暖的手，令女神官感到無比開心。

「別說傻話！」

接著，前方不遠處的大廳傳來尖銳刺耳的嗓音。

妖精弓手上下抖動耳朵，牽起女神官的手，悄悄帶著她移動。

大廳內似乎燒著營火，提心吊膽地探頭窺視的女神官，也看得清裡面的狀況。

「沒有人這麼做，不就等於是你們自己做的？」

是一名白色的女性。

肌膚、頭髮都是白色。身上穿的薄紗也是白色，身上戴的裝飾品也是白色。

唯獨高高盤起的頭髮下那雙亮著凶光的眼睛，如血一般鮮紅。

那名白色女子被雪男們包圍，站在用一整塊岩石做成的祭壇上。

火大概不是用來取暖，而是被當成光源。

散落各處的營火映照出舞動黑影，妝點女子的身姿。

每位雪男都抱著奇怪的太鼓。

其中一個吸引住女神官的目光。

因為在這座原始的祭壇中，它實在顯得太格格不入。

太鼓在火光下發出微弱光芒，遠遠都看得見上頭有著精細的金屬雕刻。

絕非適合讓會吃人的雪男在這種洞窟裡擊打的樂器。

——就是它。

女神官的直覺告訴她。肯定沒錯。

「都給我振作點！好不容易讓春精靈睡著，也從小兔子手中把那東西搶過來了！」

——那東西？

「那東西」是指什麼？女神官思考著，隨即搖搖頭。與其想像，此刻更應該豎耳傾聽。

「可是大姊，那隻鬼說的，是真的嗎啊？」

其中一隻雪男邊問邊吸著不曉得是兔人還凡人的骨頭。

「魔神王大人復活的話，會幫忙把全世界都變成寒冬的時代……」

「誰知道呢。」

白色女子答得乾脆，高傲地哼了一聲。

「對方應該是想盡情利用我們，無妨。」

「呃咦？」

「我們也反過來利用他就行了。」

白色女子露出冷酷的淺笑。

© Noboru Kannatuki

「多抓些小兔子吃，好好養精蓄銳，之後把那些鬼打得落花流水。」

「好耶咿！不愧是大姊！」

「既然決定了就給我努力打鼓！一旦春天來臨，我們就沒轍了！」

「瞭咧！」

鼓聲又開始增強。

伴隨壓力的巨響。聲波海嘯。不對，是被扔進暴風雪中的感覺。

女神官抱緊陣陣發麻的全身，眨了眨眼。

——看這情況。

或許行得通。

儘管不清楚他們說的「那東西」是指什麼，考慮到現存的手段，有對策。

跟以往探索地下遺跡時一樣。用酩酊（Drunk）和沉默（Silence）。讓他們睡著、消去聲音，再一口氣……

思及此，女神官露出苦笑。豈不是跟那個人的計畫一模一樣嗎？

——雖然我沒打算依賴他到這個地步……

「欸，過來……！」

妖精弓手尖聲說道，拽著女神官的衣袖。

仔細一看，她的長耳垂了下來，臉色也——就目前看得清的部分來說，不太好。

「怎麼了？我在思考作戰計畫……」

「別問那麼多，回去了……！」

不由分說的氣勢。

妖精弓手抓住女神官的手腕，筆直邁步而出。

她的力道重到令她發疼，女神官連忙跟上，痛得叫出聲來。

「好、好痛……到底怎麼了……？」

「妳沒發現嗎？」

發現什麼？女神官歪過頭。

她漏看了敵人的戰力，還是什麼東西嗎……

「那個女人，沒有影子。」

「咦……」

女神官碎步跑在通往出口的路上，轉頭望向身後。

聲音彷彿在追趕她們似的傳來，不過已經變得微弱許多。

女神官的後頸，再度竄上不明的寒意。

白色女子——冰之魔女。

與剿滅哥布林截然不同。

「雖然我不清楚冰之魔女的真面目，『那東西』大概是在指箭。」

§

聽完報告，白兔獵兵豎起耳說。

返回岩地後，遠處依然傳來陣陣音浪。聽著至今仍清晰可聞的歌聲，冒險者們面面相覷。

「爸爸的箭……」

「那支箭，有什麼特別之處嗎？」

白兔獵兵「嗯」了一聲，點頭回答見習聖女。

「很久以前至高神的使者來我們村莊時，帶來了銀箭跟藥。」

一直放在我家。白兔獵兵嘀咕道。

女神官咬住下脣。之後的發展不難想像。

為了拯救村落，勇敢的兔人獵師帶著祖先代代相傳的裝備踏上旅途，最後落敗。

——銀箭，還有藥……

「箭會不會已經被丟掉了呢……」

「不，這倒未必。」

蜥蜴僧侶突然開口，一副若無其事的態度。

眾人直盯著他，「貧僧的意思是」他嚴肅地接著說：

「所謂恐懼，若不克服便無法與之相對，故僅僅將可畏之物排除並非易事。」

「所以……」礦人道士捻著鬍鬚問。「你想說啥？」

「對方自稱冰之魔女，顯然熟悉術法。是故，應當會選擇將東西留在手邊調查、封印。」

「所以爸爸的箭還在囉！」

兔耳用力豎起，馬上又「啊，可是……」垂了下來。

「怎麼了？」新手戰士一臉疑惑。「還有什麼問題嗎？」

「光是找到箭應該沒用。」白兔獵兵垂下頭。「因為爸爸還有帶藥……」

「是很稀有的藥嗎？」

女神官問，白兔獵兵「嗯」點頭張開被毛皮包覆住的雙手。

「根據傳聞，是用魔女的髮絲與蓮花調製而成的，好像還有加入黑珍珠……」

「……真籠統。」

見習聖女撐著頰，神情凝重。女神官肯定也是同樣的表情。

再怎麼說，眼下除了敵人以外沒別的魔女，四周被雪景籠罩，春天遙遙無期，再加上這裡是深山。

白兔獵兵似乎不知該如何是好。

「可是聽說不湊齊它們，就無法驅逐邪惡之物……」

「來吧礦人！」

妖精弓手立刻伸手一指，礦人道士「妳喔」嘆息出聲。

他將肥胖的手指伸進總是帶在身上的觸媒袋，搜來搜去。

「我可不是什麼都有啊，嘿咻……嗯——」

他掏出裝著乾燥花瓣的小瓶子、光澤亮麗的黑色球狀物，以及一縷烏黑長髮。

「……來，黑蓮、黑珍珠、魔女的髮絲。不知道怎麼調藥的話，全部混在一起就行了唄。」

「看，果然有嘛。」

妖精弓手哼了一聲，挺起平坦的胸部，彷彿是自己立下的功勞。

女神官苦笑著，戰戰兢兢地開口：

「請問，那撮頭髮，該不會是那位……」

「噢，不不不。」

礦人道士哈哈大笑，甩手否定女神官的疑惑。

「是跟魔女獵人買來的。聽說這魔女讓某個村落爆發了傳染病。」

Witch Hunter

「就算這樣感覺還是好變態喔。」

妖精弓手咯咯笑著，礦人道士忿忿不平地反駁「有啥辦法，因為會用到啊」。

「我才沒像妳一樣浪費錢。這朵黑蓮也是費了好一番工夫才弄到手的咧。」

「沒禮貌！我也是因為想要才買的呀！」

「那就叫作浪費，妳這鐵砧。」

倒也不是鼓勵吵架，不過女神官摸著平坦的胸膛鬆了口氣。

「所以說，只要有箭就有辦法囉。」

白兔獵兵高興地用被毛覆蓋住的雙手合掌，女神官點頭。

「這樣的話……」她想了一下。「問題在於箭的位置。」

沒有太多時間能花在探索上。

到了明天，雪男想必又會去村落抓兔人吃。

——但總不能搜遍那座洞窟……

時間有點緊湊。內部有好幾條不曉得是出於天然或人工的岔路。

如果那就是雪男的生活據點，可以推測會有一定數量的房間。

沒時間了。

女神官咬緊下唇。雖然那個人說過「無論何時都有計策」。

口袋裡有什麼？有什麼——……

「魔女，魔女……」新手戰士抱著胳膊沉吟，突然「啊！」地大喊一聲。

「對了！用那個！」

「幹麼突然大叫……！」

見習聖女用手肘頂向側腹，聽他發出「好痛！」的哀號後眉頭皺得更緊了。

「會被那群雪男發現啦……！」

「沒、沒有啦，喏？」新手戰士按著側腹說。「就是那個啊！之前人家給的那個！」

「咦……啊！」

見習聖女想了一下，猛然驚覺，撲向自己的行李。

不是那個，也不是這個。

她窸窸窣窣將行囊整個翻過來，基本上與冒險無關的小東西也跟著從中掉出。

女神官撿起老舊的梳子，拍掉雪後淺淺一笑。因為她也曾經是這樣。

「找到了，這個！」

不久後，見習聖女拿出一根短短的蠟燭。

「尋物蠟燭！」

「魔法道具？」

妖精弓手好奇地湊過去，動了幾下鼻子聞聞味道。

「真虧你們帶著這個。明明還有其他東西該買吧?」

「這是別人給的。」

見習聖女掩飾不住害臊，靦腆地說。

「幸好當初沒用完……」

「看來就這麼定了。」

蜥蜴僧侶環視眾人，緩緩轉動長脖子。

「潛入洞窟，取得銀箭，後誅之。」

諸位意下如何?蜥蜴僧侶提出的計畫實在簡潔易懂，妖精弓手愉悅地瞇起眼睛：

「也沒你說得那麼簡單吧。」

「不過，就靠手邊這點情報——」礦人道士大口喝酒。「還有其他的嗎?」

「我不太擅長想複雜的問題……你們呢?」

被白兔獵兵點名的見習聖女與新手戰士，反射性看向對方。

「就算問我們也……對吧?」

「畢竟之前一直在下水道除鼠……」

議論持續下去。

經過一段漫長的時間——不，只是女神官覺得漫長罷了，實際上應該還好。

光是得不出結論，就會令人疲憊。

尤其是在這種沒有絕對正解的時候。

——為什麼呢？

女神官突然想到。明明過去幾乎不會遇到這種情況。

若要問原因，根本用不著解釋。

——哥布林殺手先生。

一言以蔽之，他下決定的速度很快。

並非全然不會猶豫，在那場焚燒山寨的戰鬥中，女神官就發現了。

即使如此還是要決定。並採取行動。肯定是這麼回事。

單就這方面來說，她最初的夥伴也一樣。

花時間討論能準備得更周全，可是如此一來，就救不了被擄走的女性。

所以，當時的決定想必不能算錯。

——去做吧。

女神官握住錫杖，點頭。答案在她成為冒險者時不就已經出來了？

「潛入洞窟，找到銀箭，解決掉他們吧。」

夥伴們直盯著自己。女神官絞盡腦汁，努力接著說：

「我有計策。」她說。「雖然是剛剛才想到的……」

將口袋裡的東西全攤出來。竭盡一切的手段。

沒人有意見。妖精弓手愉悅地上下擺動長耳。

「這句話好像歐爾克博格會說的喔。」

不曉得是好是壞。聽見她的輕笑聲，女神官羞紅了臉。

「哎，成長就是成長唄。」

「貧僧倒是萬分感激，總算能有機會暖暖身子。」

冒險者們聯袂起身，檢查各自的裝備，然後著裝，幫彼此確認。

見習聖女與新手劍士也「嗯」看著對方點頭，大聲說道：

「解毒劑（Antidote）！」

「帶了！」

「傷藥！」

「軟膏和藥草，帶了！」

「光源！」

「冒險者組合的油燈、油、火把！蠟燭帶了嗎？」

「尋物蠟燭對吧。當然帶了！還有，地圖！」

「這次沒有！……沒有吧？」

「沒有啦。武器及防具！」

「穿胸劍帶了，黑蟲殺手帶了，小刀帶了！」

「……別再幫武器取那種名字了。」

「有什麼關係？明明很帥──皮甲和頭盔帶了！妳也轉一下。」

「好好好。」

見習聖女在原地轉圈，讓新手戰士檢查她的法袍。

這副模樣，使女神官想起以前拿鍊甲給他看的時候。

那件鍊甲此刻也套在神官服底下，真的陪了她很久。

曾一度以為要失去它了，如今能好好地穿在身上，著實令人心安。

「欸，不要笑他們啦。」

妖精弓手輕聲說道，女神官搖搖頭。

「不是的，我只是覺得有點懷念。」

「是嗎？……嗯，也對。時間還真是過得又快又慢呢。」

經她這麼一說，確實如此。才兩年，卻也已經兩年。女神官眨了下眼。

「不過，這樣好嗎？」

白兔獵兵「嘿咻」一聲背起行囊，客氣地問。

「是叫魔神王，對吧。這件事不是很嚴重？雖然對我們來說……」

這群人願意為村子擊退雪男和冰之魔女，的確幫了大忙。

但難道不該立刻趕回去，通知王都、軍隊或國王嗎？

這樣對凡人跟其他人而言，肯定比較好。

畢竟──到頭來，目前受到襲擊的，就只有小小的兔人村落。

聽他這麼說，女神官下意識望向夥伴。

妖精弓手聳聳肩，蜥蜴僧侶愉快地轉動眼珠子。

見習聖女與新手戰士停下檢查裝備的手，愣在原地。

而身旁的礦人道士，那長滿鬍鬚的臉上則浮現滿意的笑容。

「來，小丫頭。身為前輩，趁機教育一下後輩如何？」

女神官又眨了一次眼，接著輕輕咳嗽。

「當然是因為，」她奮力挺起平坦的胸部，說道。

「我們是冒險者呀。」

第6章 『口袋裡的戒指』

The Rings of Pocket

「你的情緒啊，根本沒半點屁用！」

師父難得帶他下山的那天，口氣不屑地告訴自己。

他老實回答「是」，輕輕點頭表示明白。

除此之外什麼都沒說。因為光要接受眼前的畫面就已竭盡全力。

「生氣劍就會變利嗎？難過身體就會變輕盈嗎？怎麼可能。」

以為只要遵循正道即可取勝的傢伙，下場就是這樣。師父邊說邊吐了口口水。

屍體堆成的山。

放眼望去，是橫七豎八、沒有呼吸的屍體堆成的山。

推測是某座村落。燒毀的建築物分散在各處。

死掉的全是人形生物。

混著少數礦人和森人，也有一些攜帶武器的人。

不過，大部分是衣衫襤褸的村民，他用力抓緊腹部前面的衣服。

「哥布林……？」

「你傻啦。」

師父往他臉上吐了口口水。

「村莊遭到哥布林襲擊，代表哥布林會毀滅世界嗎？白痴。你有沒有長眼睛？」

「有。」

是嗎？師父用一副完全不相信他的態度聳肩。

「這是盜賊幹的好事。冒險者於是來參一腳，即所謂的正義之戰。然後輸了。」

比你住過的村子好運。師父露出很有圃人(Rare)風格的奸笑，他忍不住垂下視線。

「你這蠢貨！」

下一秒，師父狠狠揍了他的腦袋。

他滾進炭塊中，吸了一大口人類燃燒後留下的殘渣，咳出聲來。

「我不是才剛說過？你的情緒沒半點屁用。懂了嗎？」

「……是。」

他說，好不容易才從地上站起。

他想拍掉四肢沾到的炭，但師父八成不會允許。

「死掉的嬰兒會過馬路。死掉的嬰兒能點燃天花板的蠟燭（註1）。明白嗎？」

「不明白。」

「你白痴啊。把屍體放到鵝背上（註2），再堆到天花板的高度就行了。」

師父依然帶著下流的笑容，使勁踢飛腳邊的屍體。

翻過來仰躺在地上的是一名女森人，平坦的胸前插著好幾支箭。

皮甲的殘骸雖然還留著，衣服卻被割破，只有掛在脖子上的識別牌，證明了她是冒險者。

死不瞑目的她，眼珠子如同混濁的玻璃。大概是被烤過吧。

他很清楚這個人死前經歷過什麼。因為他目睹過。

「呿，真浪費。」

師父粗魯地搓揉森人的胸部，折斷箭矢，坐到乳房上。

「這陣子什麼東西都是用完就丟……喂，知不知道這傢伙的用途？」

師父問，像在打發時間般玩弄屍體的胸部。

註1　分別引自歐美經典謎語笑話「為什麼雞要過馬路（Why did the chicken cross the road?）」及「燈泡笑話（Lightbulb joke）」。

註2　影射童話名著《騎鵝歷險記（Nils Holgersson's wonderful journey across Sweden）》，該作亦曾改編日本動畫，臺譯《小神童》。

他思考了一下後說：

「……椅子？」

「除此之外的。噢，靠枕也不算數。太硬了。」

師父悠然自得地坐在上面，從懷裡掏出菸斗。

然後用森人修長的手指塞入菸草，敲擊她的戒指擦出火花，點燃。

「……衣服的碎片，可以當成布。裝備也是，有剩的話能拿來用。」

「前提是有剩。繼續。」

「頭髮很長……編一編，可以代替繩子。」

「最適合絞喉。還可以拿去賣。我想你八成不曉得吧？免費告訴你。」

因為森人的頭髮很漂亮。師父興致缺缺地咕噥道，他點頭。的確很美。

「還有？」

他猶豫了片刻。師父深深吸進一口煙，不耐煩地吐出。他開口：

「可以吃。」

師父咧嘴一笑。隨後誇張地張開雙臂，仰天長嘆：

「吃!?你要吃掉這個可憐的森人丫頭!?要把她剖開來吃下肚嗎!?」

你簡直跟哥布林沒兩樣。

聽見師父這句話，他努力保持冷靜——至少他自己這麼認為——回答：

「如果沒有，其他食物。」

師父奸笑著吞雲吐霧，甩甩手。是「繼續」的意思。

「血可以喝，只要用布濾過。加了炭，也能製成墨水。還有……脂肪能當燃料。」

「此外女人的……尤其是森人的血和小便，還能吸引哥布林。」

語畢，師父朝他的臉吐出煙圈。

本想忍住，結果還是咳了出來，眨眼的下一刻便如預料般被揍了。

他倒在屍體堆中，又是一陣咳嗽。

「哎，也罷──聽好了，決定能不能用的，是你自己。」

師父輕盈地從森人屍體上跳下來，踹飛他。

他無法呼吸，掙扎著被屍體堆埋住。

腐肉的臭味刺進鼻、眼、口，害他差點窒息。

「就算人家說用得上，如果難用就扔掉；就算被嫌沒用處，好用照樣給我拿來用。」

他終於爬出來，而師父已經不見蹤影。

唯有低俗的笑聲在滿地屍體的廢墟中迴盪，他拚命尋找師父的氣息。

「氣息」這種模稜兩可的東西，他當然感覺不到。

注意力集中在師父移動的聲響、風聲，以及他會不會踢小石子過來。

「東西派不上用場，只是你自己廢到不會用。沒有東西是沒用的。」

「是。」

想像力才是最大的武器，沒有想像力的人會先死。

師父告訴過他好幾次。

師父的話沒有一句是錯的。

如果有誤，那也是因為自己做不好。

就像師父說的，他沒有才能。他是毫無用處的廢物，因為他什麼都沒做到。

想證明並非如此，就只能採取行動。

「我認為，老師的教誨很有用。」

他這麼一說完，師父就閉上嘴巴了。

接著，師父相當粗暴地抓住他的腦袋，前後左右亂搖一通。

不知為何，他記得自己當時非常開心。雖然下個瞬間便被砸在地上。

因此，他一直遵循著師父的教誨。

至今都是這樣，未來想必也會如此。

什麼都不做這個選擇，一次就夠了。

彷彿從丹田傳來的鼓聲，導致牧牛妹從淺眠中醒來。

——什麼聲音呀？

疑問只維持了一瞬間。她猛然起身，口中冒出泡沫。

她發現自己彷彿跨坐在他身上般靠著他，腦中閃過千思萬緒。

——現在不是想這些的時候！

§

「欸，醒醒……醒醒啦——」

「唔……」

一陣沉吟過後，哥布林殺手轉動頭部。

他在鐵盔中吐著泡沫，咕噥了幾句話，接著望向上方。

灰白色的天空被井口切割成圓形，模模糊糊地搖晃著，宛如浮在水面的月亮。

含糊不清的鼓聲，似乎是隔著水從天空傳來的。

外面——不用說，是哥布林。

「我去看看。」

「……可以嗎？」

她拉住他的袖子問，他回答「沒問題」，從雜物袋裡取出岩釘。
「我爬過更高的地方。」
哥布林殺手說著，打水讓身體上升，扶著水井的內壁。
只要有地方抓，又不用擔心呼吸，攀登起來便輕鬆得嚇人。
不久後，哥布林殺手浮出水面，像以往看過的白鱷一樣探出頭來。
問題是之後。要是發出聲音被敵人發現就完了。
離井口還有段距離，他將岩釘打進內壁，迅速往上爬。
沒有之前攀過的那座塔高，爬上去一樣沒花多少時間。
「……」
哥布林殺手將水井的蓋子稍微闔小，悄悄窺探外面的狀況。
不出所料，眼前是一幅醜惡的景象。
「GOBOR……」
「GG……BG。」
哥布林們睡眼惺忪地揉著眼，邊打哈欠邊行軍。
幸好他們在**晚上**眼睛並不利。不會被發現。
因此該注意的並非哥布林。
「啊……」

「……唏、咿……」

旗幟。有兩根。

哥布林們高高舉著的，是人形旗幟。

衣服被剝光，裝備被搶走，經過鍛鍊的身體暴露在外，腳筋遭砍斷的痕跡，讓這副強健身軀變得毫無意義。

四肢被生鏽的釘子釘在木頭上。血流不止。

是冒險者──被釘在十字架上的。

身體顫抖、面無血色，顯然是寒冷所造成。

她們拚命喘著氣，想必是因為呼吸困難。

哥布林殺手看過好幾次。因此根據以往的經驗，他知道那姿勢會讓人因為體重的緣故難以換氣，無法順利呼吸。

她察覺身材纖細、恐怕是後衛的少女嘴脣正默默開合。

哥布林殺手看過好幾次，因此能讀出來。她在呼喚神的名字。

無法出聲的理由也很快就明白了。她的口中，少了發聲所需的器官。

被釘住的手也是，十指變成那樣，法印大概也沒辦法結。

哥布林殺手喃喃自語，叫了某人的名字。他自己並沒有意識到。

「冒險者啊！」

此時，彷彿一道閃電落下的巨響震動空氣，傳遍四方。

哥布林殺手的視線，這才落到軍隊最前方的巨大身軀上。

不是哥布林。

叫什麼來著，記得是……對，之前也對付過的那隻怪物。

「想要這兩個小丫頭活命，就別躲別逃，速速現身！」

首先努力觀察。

武器——戰鎚。體格——比鄉巴佬大，比英雄大。步伐——雜亂無章。

朝哥布林下達指示的方式——很不耐煩。哥布林的數量，哥布林的裝備。

對方的意圖根本用不著推測。

該思考的是，是否要順了他的意。

「吾等到太陽升至天頂為止！若不從，等待她們的將是被神詛咒般的末路！」

哥布林殺手瞥見少女垂下頭，淚水滑落臉頰。

而怪物也看見了，像在威嚇似的齜牙咧嘴。他在笑。

「好好品嘗**被你手刃的吾兄之悔恨**吧！」

哥布林殺手在鐵盔底下皺眉。兄。他試著回憶。沒印象。

「走了！都給吾跟上！」

怪物大聲嚷嚷，踢飛在腳邊晃來晃去的小鬼，繼續行軍。

大概是想在村裡繞一圈，把他們引出來。

可以。哥布林殺手咕噥道。如你所願。接著俐落地回到井裡。

「情、情況如何……？」

他潛入水中，沒有濺起任何水花，抱住雙膝等待他的牧牛妹吐著氣泡詢問。

藏不住的擔憂，反映在氣泡的晃動方式上。

方才的聲音那麼大，應該不至於傳不進水裡。

「人質。示眾。盾牌……不會馬上有危險。」

哥布林殺手慎重地選擇措辭。

「並非哥布林出的主意。不過，行為有相似之處。」

牧牛妹身體顫抖。

她知道之前襲擊牧場的小鬼，有準備那樣的盾牌。

哥布林殺手開始檢查自己的裝備。

由於長時間泡在水中，裝備全溼透了。爬上去後必須先擦乾才能行動。

萬一在途中結凍，導致動作變遲緩就糟了。

她也一樣。哥布林殺手冷靜地說：

「上去後先擦乾身體，把衣服弄乾，或擰乾。否則會凍傷。」

「嗯、嗯……」

她的聲音缺乏活力。

目光飄忽不定，比起動作，眼神更加表現出她的困惑及膽怯。

「放心。」

哥布林殺手說。毫無猶豫。

「不會放他們活著回去。」

牧牛妹聽完，笑容滿面地點頭。

第7章 『冰之魔女的洞窟』

「好了好了，你們幾個！該準備動身了！」

聽見冰之魔女的聲音，雪男們鬧哄哄地站起。

「要是像昨天犯蠢連一隻兔子都沒帶回來，今天可沒那麼簡單！」

多虧你們我餓壞了——冰之魔女這句話，令雪男們的視線刺在其中一隻身上。

那傢伙忿忿不平地連聲碎念，然而被夥伴瞪著，他似乎沒有反抗的勇氣。

——這樣就好。

冰之魔女心想。笨蛋只要和笨蛋互相敵視、爭執就好。

萬一他們的敵意（Hate）指向自己，那可不是鬧著玩的。

雖然以防萬一，她有事先做好準備……

——未免太麻煩了。

不管是採取應對措施，還是重新召集這些好使喚的手下。

畢竟光憑一句話，就能讓雪男們立刻瞪向昨天出差錯的那一隻。

Goblin Slayer
He does not let anyone roll the dice.

真好使喚。但，他們的腦袋大概已經記不得第一道命令。

冰之魔女毫不掩飾內心的焦躁，拍了好幾下手。

「喂，你們忘記我說過的話了嗎!?」

「可是，都是這傢伙害咱們——……」

「再不快點，那可恨的太陽就要升上天頂了！」

被狠狠一瞪，雪男們終於踩著咚咚咚的腳步聲，急忙行動。

今天也要去兔人的村落掠奪——無趣歸無趣，冰之魔女卻認為這樣很好。

當前不必太引人注目。要先累積實力。

無論何時，時間都是他們的夥伴。用不著著急。

暫時讓春精靈沉睡，延長冬季，擴大雪男的勢力。這麼一來——……

——無所畏懼這種話，實在是說不出口呢。

不過，她知道難度會下降許多。

即使沒辦法攻陷城市，只要能占領一座小鎮便足矣。這樣就能舒服地過上數百年。

畢竟兔人固然美味，她也已經有點吃膩了。

差不多想嘗嘗年輕凡人(Hume)女孩的味道——……

「……哦？」

不曉得是否因為想著這種事，而舔了下舌頭的緣故。

冰之魔女突然嗅到一絲香氣——年輕到會散發小便臭的少女的氣味。

她動著鼻子環顧周遭，便看見一個小小的身影站在洞窟入口。

纖細嬌小，模樣瘦弱的小姑娘。身穿神官服，手拿錫杖。

「——冒險者!?」

「是沒有人(No Man)!?」

在這隻雪男哀號前，少女已經高高舉起錫杖。

「『慈悲為懷的地母神呀，請將神聖的光輝，賜予在黑暗中迷途的我等』！」

刺眼的白光亮起，神聖太陽用璀璨光輝蓋過洞窟的黑暗。

§

「就是現在，大家上吧！」

「噢噢！蜥蜴人的一之太刀！咿呀啊啊啊啊啊！」

雙眼被「聖光(Holy Light)」灼燒，雪男們紛紛後仰，蜥蜴僧侶吆喝著殺進這團混亂之中。

「『禽龍之祖角為爪，四足，二足，立地飛奔吧』！」

龍牙兵(Dragon Tooth Warrior)在他背後發出無聲的咆哮，顎骨喀噠作響，勇猛地追擊。

爪、爪、牙、尾在雪男們腳邊狂舞，雪男們忍不住慘叫，瘋狂跺步。

「哇啊!?」

「好痛!?」

接著從光源射來數支撕裂空氣的箭，更是令人承受不了。

雖說有厚重的毛皮，感覺就像被毒蟲連刺了好幾下。

妖精弓手衝進大廳，彷彿在密林中穿梭，鑽過雪男的腳下架起下一支箭。

「跟上啊，礦人！太慢了太慢了！」

「真是，長耳丫頭！就叫妳再沉穩點……！」

若雪男的雙腿是大樹，將其砍倒的就是戰斧的一擊。

礦人道士在痛得掙扎的雪男腳邊，伐木般揮下手斧。

「嘿唷！」

「！？！？！？！？！？」

已經連慘叫聲都發不出來。

腳趾被砍掉一半的雪男，發出巨響在地上打滾，抱著腳尖哭喊。

「放肆，你們到底在搞什麼！」

冰之魔女遮著眼睛大吼的聲音，也被雪男的哭聲蓋過。

豈能放過這個機會。

「不好意思，麻煩各位了……！」

女神官趁妖精弓手蹬擊牆壁、增加跳躍高度以瞄準雪男的耳朵時說，一邊飛奔而出。

「交給我吧！」

雪男的慘叫和她的回答同時傳來。女神官身後跟著三個人。

新手戰士、見習聖女，以及白兔獵兵。

「唔喔，好厲害……！」

目睹蜥蜴僧侶用尾巴毆打雪男的小腿，讓對方重摔在地的模樣，新手戰士忍不住讚嘆。

不只他，穿過一團混亂的大廳的另外兩人，表情也興奮不已。

「沒想到」見習聖女喘著氣說。「會直接衝進來開打……」

「聽說這種時候，用單純點的戰法反而比較好。」

女神官靦腆一笑。

「先讓敵人看不見，再瞄準腳下攻擊……很方便的。」

她邊跑邊對身後的三人使眼色。

兩位後輩之前也和女神官共同行動過，白兔獵兵則是第一次。

從跑步姿勢來看，應該用不著擔心，身為獵師的他也經常在山裡四處奔波。

但——儘管不太想拿人家跟自己比較——缺乏身為冒險者的經驗。

女神官留意著要多關心他一點，跟總是會為自己著想的那個人一樣。

「直接往裡面跑！」

白兔獵兵點頭回應她的提醒，只要明白該做什麼就會安心許多。

「在哪個方向？」

「我看看……！」

接著被問到的見習聖女，將注意力集中在手上的蠟燭。

幸好魔法蠟燭經歷剛才的戰鬥，也沒有要熄滅的跡象。

反而是剩餘的長度令人擔憂——但看起來還撐得住。

「那邊！好像是正中央那條路！」

她指向從大廳延伸出的無數通道中的一條，白兔獵兵邊跑邊晃動長耳。

「可是，雪男應該進不去那個洞吧……！」

「所以才要放那裡！」

女神官點頭，握緊錫杖戒備，帶頭衝進那條通道。

「走吧！」

——沒錯，如果冰之魔女是雪男們的主人。

照理說，她最不希望的就是銀箭落到雪男手中——女神官如此心想。

那麼存放銀箭的位置，應該是在雪男絕對去不了、拿不到的地點。

尋找銀箭的過程，必然不會與雪男交戰。只要突破一開始那關即可。

——雖然有點——不對，非常需要碰運氣……

幸好一切順利。女神官悄悄放下壓在平坦胸部上的那塊大石。

「我是不清楚啦，不過就在前面對不對？趕快衝進去把東西拿走吧！」

新手戰士手握棍棒，鼓起幹勁。

或許是因為見識了三位銀等級冒險者的戰鬥。

他的眼神彷彿散發出「交給我吧！」的意志，女神官不禁苦笑。

「有氣勢是很好，但要慎重、迅速地行動。接下來大概——……」

話還沒說完，一陣不祥的風便從一行人身後吹過。

「……啊，可能不太妙。」

白兔獵兵垂下長耳，身子一抖。

女神官也聽見了。咇咇咇咇咇。宛如沙堆崩塌的怪聲。

有異狀。某種異狀。某種——……？

「嗯……」

「連這裡也有啊……？」

新手戰士和見習聖女皺起眉頭，露出一副「饒了我吧」的表情。

聲音彷彿要將一行人包覆住，從背後逼近。

女神官雙手握緊錫杖，回過頭，只見通道入口有名女性面目猙獰地站在黑影中。

「你……們……幾……個！！！」

足以令人結凍的風，隨著冰之魔女吐出的詛咒吹過，女人周圍的影子狂舞著。

不，那並非影子。

像海水一樣掀起浪濤，蠢動著侵襲而來，試圖吞沒他們的那群生物是——……

「巨鼠（Giant Rat）!?」

「喝啊！」

女神官的驚呼與新手戰士的咆哮，幾乎在同一時間響起。

他雙持棍棒一個大迴旋，使勁朝領頭那隻巨鼠的鼻子拉出仰角，將牠連著兩、三隻巨鼠一同揍飛。

幾隻大老鼠發出怪聲飛到半空，撞上牆壁，掙扎過後停止動作。

他可不是白白在下水道對付那些老鼠蟲子的，不會放過這個機會。

新手戰士立刻上前，用右手的棍棒重擊（Bash）、重擊（Bash）、重擊。

「如果每殺一隻都能拿一筆錢，我們現在就是有錢人了！」

「別說蠢話，下一批要來囉！」

當然，用棍棒攻擊時動作會變大，而敵人數量很多。這也是常有的事。

見習聖女撿起掉在腳邊的碎冰，用布捲起，奮力甩飛出去。

臉被擊中的老鼠向後仰露出腹部，新手戰士隨即逼近：

「嘗嘗穿胸劍的一擊吧！」

要貫穿厚皮的話，這把武器比較適合。左手反持著的劍，直線割開大老鼠的胸口。

棍棒接著一閃而過，像是要擋開噴濺出來的鮮血，連著屍體掃向路旁。

「要是不小心吃到血，又要花錢了……！」

「節約至上！是說把口鼻遮住啦！」

「沒空！」

見習聖女一面跟新手戰士鬥嘴，一面投石，新手戰士的棍棒及長劍接連咆哮。

呆呆望著兩人戰鬥的女神官猛然回神，吁出一口氣。

「……看來撐得住呢！」

女神官點頭說道，見習聖女大喊著回答：「雖不情願！」

她在說話期間揮下天秤劍，擊中附近的一隻巨鼠。動作實在很熟練。

「無法保證能把牠們統統擋下，總之後方就交給我們……！」

「沒錯，放馬過來！」

揮動著長度勉強能在封閉場所使用的棍棒，新手戰士氣勢洶洶地大喊。

一旁的見習聖女則「你別得意忘形！」瞪了他一眼。

這副模樣令女神官想起某個懷念的身影，閉上眼睛，然後睜開。

「麻煩兩位了！」

「是！」

她接住見習聖女扔過來的蠟燭，與白兔獵兵一起繼續向前衝去。

背後接連傳來毆打聲。少女的吆喝聲。老鼠的慘叫聲。冰之魔女的怒罵聲。

女神官搓搓眼角，用錫杖攻擊從腳邊竄過去的大老鼠。

「嘿！」

老鼠慘叫一聲就逃走了，看來沒哥布林那麼難纏。

女神官邊跑邊想，白兔獵兵在一旁嘀咕道：

「……大家都好厲害喔……」

「對呀！」

女神官調整呼吸，以免喘不過氣，像自己被稱讚一樣高興地點頭。

「他們真的都非常厲害……！」

妖精弓手、蜥蜴僧侶、礦人道士。以及見習聖女、新手戰士。

個個都是十分出色的冒險者。跟自己截然不同。

「……」

白兔獵兵聽了，維持彈跳般輕快的步伐，有些意外似的歪過頭。

「我說的『大家』，也包含姊姊妳耶。」

「咦……」

女神官一句話都說不出來，面向前方。

她持續奔跑著，感覺到自己臉頰瞬間發熱。幸好洞窟內光線昏暗。

「是、是嗎……？」

「是啊。」

——倘若這樣。

想必不是自己一個人的力量。

而是拜不在場的那個人所賜。

女神官手中的蠟燭，燒得更旺了。

銀箭近在眼前。

§

場面一團混亂，冰之魔女卻人如其名，連骨髓都維持著冷靜。

巨人們在身後慌張大鬧，眼前則是被痛宰的鼠群。

導致這個狀況的——是誰？

想都不用想，她明白。

是那個舉著錫杖高呼，率先衝進來的小丫頭。

白色裝束。得到地母神寵愛的神官。沒有人（No Man）。

——那個小丫頭就是關鍵嗎！

「可惡……喝啊！」

「來了，另一隻從右邊來了！」

「居然！」

可恨的是，那兩個乳臭未乾的冒險者正熟練地屠殺著老鼠。

——算了，專注在這上頭也好。

冰之魔女冷笑，露出她那鮮紅如血的喉嚨。雪光照亮利牙。

她的肉體瞬間如粉雪般崩解，靜靜穿過老鼠與少年少女之間。

刺骨寒風令他們抖了一下，卻沒有停止動作。

不戰鬥就無法生存。

這對於在場的每個人來說，都是無可撼動的事實。

§

「噢，好像是這個？」

在昏暗的洞窟內，留意著腳下及背後走了一段時間，白兔獵兵豎起耳朵。

女神官眨眨眼，的確，岩壁凹陷處放著一只老舊的盒子。

手中的蠟燭熊熊燃燒起來，火勢大到就快要拿不住的地步。看來沒錯。

「打得開嗎？」

女神官調整好呼吸，探頭觀察，白兔獵兵悠哉地回答「誰知道呢」，摸索著耳背。

「總之，我試試看。畢竟打不開我們就完了。」

他拿出細長的小樹枝，俐落地插進鎖孔。

隨後用樹枝試圖開鎖，過了一會兒，弄斷兩、三根細枝後，鎖頭發出了喀嚓聲。

「噢，開了。」

「有沒有陷阱……？」

「嗯，我瞧瞧。蓋子上是還沒看見。」

身後——洞窟內持續迴盪著戰鬥聲，女神官著急回望，白兔獵兵則點頭回應她。

應該不會有問題——他懷著兔人特有的樂觀心態暗忖。

畢竟冰之魔女大概沒想過這東西會被其他人打開。

既然如此，她不太可能會想設下陷阱。警報倒還無所謂。事到如今響了也沒意義。

——如果是魔法陷阱，到時候再煩惱吧。

他拿出輕薄的小刀，在盒蓋縫隙間撥弄，確認有無鋼索，這樣就行了。

「打開看看吧。」

「麻煩你了！」

蓋子發出沉重的聲響，緩緩移開後，「咚」一聲掉到地上。

裡頭——綻放燦爛的銀光。

是白銀箭矢。

在這一、兩年來的冒險過程中，只看過寥寥數次的財寶的光輝，令女神官雙眼圓瞠。

畢竟找到魔法武器——除了蜥蜴僧侶的裝備——的機會，近乎於零。

儘管如此，她還是明白。這並非尋常之物。是神聖的武器——該由敘事詩歌頌的存在。

「有這支箭的話……！」

「說不定行得通！」

女神官重新握緊錫杖，輕輕將手伸向銀箭。

指尖傳來一絲溫度。感受到的重量輕如羽毛。

「那麼，呃，請收下。」

「咦？」

女神官恭敬地遞出箭，白兔獵兵瞪大那雙小眼。

「我嗎？」

「我多少會用投石索（sling），卻從來沒射過箭，所以……」

況且，這是令尊的箭。

女神官微笑著說，白兔獵兵嚥下一口唾液，伸出毛茸茸的雙手。

「好、好的，我收下了……」

「嗯，麻煩你囉！」

他握緊銀箭，牢牢插進腰帶。

接著驚慌地用被毛覆蓋住的手，在身上亂拍。

「藥、藥、藥……」

「別著急。弄掉就糟了。」

「這還用說！」

大功告成。之後只要回去會合即可。

兩人看著彼此點頭，沿原路奔回。

避開倒在各處的老鼠——那些僵硬、開始分泌黏液的烏黑屍體。

要是在這裡失誤跌倒，未免太難堪了。

戰鬥聲逐漸接近。毆打聲。少年少女的吆喝聲。老鼠的慘叫聲。

「似乎還撐得住……！」

「幸好趕上了！」

女神官看著白兔獵兵，瞇起眼睛互相點頭。

就快到了。她撩起衣服的下襬狂奔，雀躍地高呼：

「我們回來——……！」

就在這時。

一陣令背脊凍結的白色寒風吹過。

§

女神官不停眨眼，彷彿要弄掉睫毛上的霜。

身旁的白兔獵兵正在說話。遠方傳來新手戰士與見習聖女的聲音。

然而這一切全被類似尖銳耳鳴的風聲蓋過。

「咦——……？」

此刻，她置身於暴風雪的中心。

覺得冷而抱住肩膀，卻傳來柔軟的觸感。指尖碰觸到裸露的肌膚。

「咦？啊……哇……!?」

——我沒穿衣服……!?

她發現自己一絲不掛，羞得面紅耳赤，蹲在地上縮成一團。

好冷，好難為情，臉好燙，身體卻冰涼到寒意直透骨髓，顫抖不已。

連迎面而來的雪風都讓人覺得疼痛，淚水不斷自眼眶滑落。

後頸隱隱發麻。女神官摸索著尋找錫杖，抓住它，好不容易撐住身體。

正當她起身準備邁步而出，寒風瞬間襲向纖細的身軀，吹得她左右劇烈搖晃。

實在動不了。女神官不知該如何是好，再度啜泣起來。

「喂。」

精神混亂到了極點，緊接著便聽見十分低沉冰冷的嗓音。

她眨了好幾次眼，凝視模糊不清的白幕另一側。

「啊……！」

女神官臉上綻出笑容，有如被陽光照到的花。

廉價的鐵盔、骯髒的皮甲。手上綁著一面小圓盾。腰間掛著一把不長不短的劍。

不會有錯——不會有錯……！

「哥布林殺手先生……！」

女神官絲毫不顧頸部傳來的刺痛感，起身飛奔而出。

風依然發出尖銳呼嘯，聽不見其他聲音。

「嗯。沒事吧。」

不可思議的是，那低沉的嗓音卻傳得進耳中。

他粗魯地伸出手，粗糙的皮護手碰到她的肌膚。

頭被摸了。女神官舒服得瞇起眼。後頸的疼痛快被拋到腦後了。

「是、是的……不過，為什麼……？」

女神官抬頭望著他的鐵盔，輕聲詢問。

還是一樣，看不出他的表情。只不過鐵盔面罩底下，能窺見一對散發銳利光芒、彷彿在燃燒的紅眸。

她用手梳順頭髮，碰觸發麻的後頸。汗毛紛紛倒豎著。

女神官吸了下鼻子。有股從來沒聞過的血腥味。

「那、那個，難道你受傷了……？」

「不。」他搖頭。「但，之後能對我用個神蹟就好。」

女神官吞了口口水。她撥開垂在後頸上的頭髮，握住錫杖。

「還有，哥布林呢……？」

「哥布林？」

他彷彿聽見什麼奇怪的辭彙而杵在原地，緩緩搖頭：

「那不重要，我更擔心妳。」

平靜地說完，他輕輕撫上女神官的後頸。

皮護手銳利得宛如刺骨的冰，她縮起身子。

「有個請求。把銀箭給我。」

「啊，好的。呃，銀箭對吧？」

我明白了。女神官點頭。他也點了下頭。動作看起來很高興。

女神官笑了。她鼓起勇氣，將空氣吸滿平坦的胸膛，接著說：

「『慈悲為懷的地母神呀，請以您的御手撫平此人的傷痛』！」

§

消去暴風雪的，是像被燒燙的火鉗按在身上的模糊慘叫。

「啊、咿……咿咿咿咿咿咿咿咦咦咦咦咦咦咦!?」

女神官突然醒來，面無表情地看著在洞窟內痛苦掙扎的冰之魔女，吐出一口氣。

——幻覺，不對，魅惑之類的嗎。

據說是**吸血鬼**擁有的特殊能力之一。

冰冷銳利的觸感仍殘留在後頸，女神官身子一抖。

倘若她就那樣委身於敵人，會換來何種下場？真是可怕的想像。

要是她沒有猛然想起怪物辭典（Monster Manual）的內容，後果難以預料。

也難怪——他會做出自己希望的行為。

擔心她、稱讚她、摸她的頭。

——當然平常他也會用自己的方式，笨拙地表示關心，不過……

「不過，不是那樣的。」

——畢竟，那個人真的讓人拿他沒輒。

珍惜地收藏在平坦胸中的想法，令女神官露出苦笑。

因此她懷著些微期待，祈求治癒的神蹟。

萬一真的是他，也不會對他造成任何不良影響。

沒錯，對於受到詛咒的不祈禱者（Non-Prayer）、成為亡者之人來說，神的奇蹟等同於猛毒。

——真是，久違的小癒（Heal）竟然是用在這種地方。

女神官有些不滿，退到一旁空出**射擊軌道**。

「冰之魔女！」

吶喊響徹洞窟，音量大到無法想像是出自那隻小小的白兔之口。

女神官讓出空間後，站在那裡的是白兔獵兵。小小的手上拿著同樣小把的石弓。

他拉緊弓弦，架在其上的是連在黑暗中都閃耀著光輝、布有水珠的白銀箭矢。

冰之魔女認出溼潤箭頭上迸發的光，宛如要咒殺人般大罵：

「這該死的傢伙——！」

「嘗嘗兔村的一箭吧！」

弓弦的震動聲，美麗得如同弦樂器的音色。

劃破冰冷空氣的箭矢，正準備完成自己的使命。

銳利的箭鏃直直射中冰之魔女，沸騰那受詛咒的血肉，貫穿她的心臟。

「────」

這次她連聲音都發不出──不對，是這聲慘叫尖銳到凡人的耳朵無法捕捉。

冰之魔女掙扎著努力伸長手臂，試圖拔出刺在胸口的箭。

然而手指一碰到箭就開始燃燒、化為焦炭，一塊塊崩落。

大勢已定。

冰之魔女痛苦地慘叫，殺氣騰騰瞪著那個人。

拍掉神官服上的塵土起身，手拿錫杖戒備著她的女神官。

那個小丫頭果然是關鍵。

殺了她，殺了她，殺了她！

那是簡單明瞭的復仇意志。連喉嚨都已經燒爛的冰之魔女，剩下的手段唯有雙眼。

映照出女神官身影的血紅瞳眸浮現裂痕，閃爍光芒，然後──……

「『司掌審判、執劍之君，天秤之人呀，顯現萬般神力』！」

神鳴的神蹟，降下**制裁**。

全身沾滿老鼠血，被青梅竹馬攙扶著的少女，揮下天秤劍。

將那群老鼠趕走後，他們察覺到後方的異狀。

為了朋友，為了律法，為了秩序，為了白兔們居住的美麗群山。

至高神的劍揮下，回應用堅定目光緊盯著駭人吸血鬼的她。

令大氣沸騰的炙熱雷電超越了自然法則，變換軌道，落向白銀箭矢。

「────────！？！？！？！？」

這次，冰之魔女連聲音都發不出來便灰飛煙滅。

她抽搐著跳起毛骨悚然的死亡之舞，肉體轉眼被燒成餘燼。

最後剩下的紅瞳噴出體液，擦過女神官的一束頭髮及臉頰，在牆上開了個洞。

但也僅此罷了。

積在洞窟地上的屍灰被雪風吹散，瞬間消失。

至於達成使命的銀箭，也迅速冒出鐵鏽，腐朽了。

人稱冰之魔女的吸血鬼所留下的蹤跡，只剩女神官臉上的血痕。

那就是她的下場。

§

轟然雷聲，響徹正在展開激戰的大廳。

明明占據數量優勢，行動卻雜亂無章的巨人們，不曉得會如何理解這聲巨響。

在腳邊亂竄、趁隙對他們施加強力一擊，以一擋百的冒險者，儼然是群毒蟲。

「礦人！去你那邊了！」

「知道啦！是說這幫傢伙真是四肢發達頭腦啥來著……！」

「話雖如此，單單身形巨大便是進化的頂點之一吶！」

不容大意。他們三個都很清楚。

直到那孩子——女神官與三名少年少女完成任務前，一隻都休想逃掉。

沒多少餘裕給他們大意。三人揮舞著弓、斧、爪爪牙尾，自在地於戰場上穿梭。

細小的箭矢一直朝臉和眼睛射過來，腳趾斷了，小腿被用力毆打。

這樣誰受得了？

巨人們哀號著用力跺腳，揮落手臂倒向前方。

冒險者眼中的大廳，對巨人來說卻是狹窄的房間。混亂一發不可收拾。

此時又傳來雷電的激震。

神明斬下斷罪之劍發出的巨響，瞬間蓋過大廳的戰鬥聲。

「什、什麼呀啊……？」

「剛才是不是打雷啦啊……？」

理應只有從山巔的高度才聽得見的聲響，令巨人們忍不住面面相覷，呆若木雞。

冒險者也喘著氣，停下揮動武器的手。

三名冒險者集中在大廳中央，快速交談著。

「……成功了嗎？」

妖精弓手低聲說道，長耳上下擺動。

礦人道士雙手握好斧頭，瞪著她：

「這都聽不出來？妳不是森人嗎？那對引以為傲的長耳是裝飾品？」

「吵成那樣，本來聽得見也變聽不見了嘛……」

「哎呀。」蜥蜴僧侶愉悅地說，眼珠子滴溜溜地轉圈。

「發生何事暫且不提，結果應該……如兩位所見。」

他說得沒錯。

腳步聲自通往深處的通道傳入安靜的大廳，音量逐漸增強。

當然是四名冒險者的腳步聲。

全身沾滿汗血，劍和棍棒分別垂掛在雙手的新手戰士。

在旁得意挺胸，驕傲地拿著天秤劍的見習聖女。

手持石弓頻頻眨眼，踩著彈跳步伐跟上的白兔獵兵。

以及走在最前面，神色堅毅地舉著錫杖——臉上有道傷痕的女神官。

「怎、怎麼了……冰之魔女大人呢呃……？」

「那不是沒有人嗎啊……」

「……聽不懂。」

巨人的交頭接耳聲愈來愈大，女神官咬緊下唇，踏出一步。

接著努力挺起胸膛，動作有如敬神演舞般威風凜凜，搖響錫杖：

「冰之魔女——被我們打倒了……！」

得過半晌，巨人們才能理解這句話的意思。

要問發生了什麼事——答案只有一個。

「唔、唔哇啊啊啊啊啊!?」

「完蛋啦啊！所以我才說下山不會有好事！」

「現在講這些有什麼用！」

混亂與逃亡。

巨人們將珍貴的太鼓及其他雜物統統扔掉，一溜煙衝向洞窟入口。

冒險者們互看一眼，猶豫是否該繼續追擊。

妖精弓手的箭仍架在弦上，礦人道士也拿出投石索。

「不……不用了。」

制止他們的，是女神官的一句話。

她看著「咚咚咚」朝洞窟外逃逸的巨人的背影，鬆了口氣。

「這樣好嗎？」率先跑到她身邊的妖精弓手，納悶地歪過頭。

森人纖細的指尖像在擔心她似的，撫上女神官的臉頰，她癢得瞇起眼。

「那些傢伙逃掉了耶……」

「是的。」

女神官輕輕點頭，靦腆一笑。

「因為他們，不是哥布林。」

聽見這句話，妖精弓手緊皺眉頭嘆息出聲，接著輕笑道：

「……是啊，他們不是哥布林。」

沒錯。

戰爭落幕，冰之魔女的威脅退去，漫長的冬天即將結束。

兔人的村落得到救贖。

「既然已取得勝利，便用不著再強求其他。」

從高處傳來的聲音，對默默凝視空蕩大廳的白兔獵兵說。

他晃著耳朵抬頭，魁梧的蜥蜴僧侶映入眼簾。蜥蜴僧侶吐著舌，莊重地說：

「儘管心臟未被你吞入腹中……獵兵兄的血脈有多麼強大，確實得到了證明。」

嗯。白兔獵兵點頭。父親死了。自己贏了。從父親身上繼承的血脈存在於此。

他並不清楚蜥蜴人的信仰，但能體會這個行為所象徵的崇高意義。

傳承到自己這代的血脈，全是有價值的。

「……意思是，我爸爸也很厲害囉。」

「大概吧。」

新手戰士說，抱怨著「好累喔」扔掉劍和棍棒，躺到地上。

「真是，難看死了。」見習聖女用錫杖的柄戳他，但自己也沒好到哪去。

她咚一聲癱坐在地，白兔獵兵於是說著「我肚子也餓扁了！」坐到旁邊。

「有蔬菜乾，你們要吃嗎？」

「要！」

「嗯，我也……！」

不曉得該說他們鬆懈，還是放鬆下來了，少年少女取出水筒漱口後便吃起乾糧。

本來應該要繼續保持戒心才對，不過——……蜥蜴僧侶瞇眼看著這幅景象，點了點頭。

「那麼，神官小姐經歷了何等激戰？」

他轉動長脖子詢問女神官，後者害羞地搔著有一道淺傷的臉頰。

「呃，沒有啦。我沒做什麼……都是因為有大家的幫助。」

「可是！」見習聖女吞下紅蘿蔔乾，大喊。「那招『小癒』好厲害喔！」
「咦，妳用了『小癒』嗎？」
妖精弓手說著「真難得！」好奇得兩眼發光，興致勃勃地追問。
她豎起長耳探出身子，女神官於是露出自己也覺得很有意思的表情。
「那個……其實我也不想……」
至於到底是哪種意義上的「不想」，暫且不論。
蜥蜴僧侶用奇怪的手勢，對熱鬧地聊起天來的眾人合掌。
事情暫時告一段落。那麼，該處理下個問題了。
「術師兄，那張戰鼓調查得如何？」
「……嗯——這個嘛。該怎麼說咧……」
礦人道士獨自在遠處調查雪男們忘記帶走的太鼓，面色凝重地摸著肚子。
「是不壞，但染的血有點多了。」
原本大概是祭器之類的吧。是不適合出現在這種地方的氣派太鼓。
然而，如今它卻埋在巨人巢穴的垃圾堆——被吃剩的屍骸中。
魔力、魔法容易受到思緒影響，與精靈有關的物品就更不用說了。
讚頌冬季的太鼓，想必得等到怨念消弭後，才能不受任何人束縛地奏出音色。
「就寄放在兔子們的村裡，洗淨汙穢吧。」

「哎，想來應不至於如貧僧故鄉那樣。」

蜥蜴僧侶站到礦人道士身旁，面色莊重地望著太鼓。

戰爭時，為敵人及戰友祈求英勇之死而敲出的壯闊音色，突然閃過腦海。

所謂戰事，或許本該如斯。蜥蜴僧侶眼珠子轉了一圈。

「那麼，將這太鼓帶回村落便大功告成，是吧？」

「但願如此。」礦人道士捻著白鬍鬚，答得不乾不脆。

「術師兄尚有掛心之事？」

「或許是因為嚙切丸不在。」礦人道士答道。

「結束得這麼痛快太稀奇了，實在靜不下心。」

「教人為難吶。」

蜥蜴僧侶樂得轉動眼珠子，礦人道士也「是啊」愉悅地捻著鬍鬚。

「小事，只消回村舉杯慶祝一番，心情也會隨之轉變吧。」

「你說得對。」

在兩人的守望下，女神官頻頻撫摸纖細白皙的後頸，不曉得在擔心什麼。

§

離開洞窟後，風的寒意也和緩許多，迎接一行人的是耀眼的雪光。

女神官忍不住「哇」地瞇起雙眼，白兔獵兵輕笑出聲。

「直接看的話眼睛會痛，要用遮光器。」

他邊說邊伸出毛茸茸的手，拿出切開一條小縫的木板。

然後將形狀類似眼鏡的木板戴在眼前，用繩子綁好，妖精弓手羨慕地在一旁看著。

或許是覺得光線太亮，她一邊眨著眼，一邊輕戳蜥蜴僧侶巨大的身軀：

「先不管刺不刺眼，溫度維持在這個程度，有沒有覺得好些了？」

「畢竟，貧僧直到不久前都還在活動吶。只要血液沸騰起來，倒是不成問題。」

蜥蜴僧侶點了下頭，卻又用誇張滑稽的動作抖動身體。

「然而遺憾的是，只有鱗片依然畏寒。真想要一身羽毛。」

「別啊，長鱗片的。我完全無法想像你毛茸茸的樣子。」

礦人道士一面灌酒，一面從旁打岔。

他將火酒遞給蜥蜴僧侶，後者喝了一口，接著傳給妖精弓手。

妖精弓手見狀立刻長耳倒豎，瞪大眼睛：

「欸，拿走啦。就說我不要了！」

「真是，口味依舊像個小朋友。嘿，年輕的。喝嗎？」

被叫到的新手戰士及見習聖女，在全身無力的狀態下錯愕地對視。

兩人不久前還在與老鼠大戰，髒兮兮的臉上盡顯疲態。

「那就……」

「……向您分一口好了。」

兩人提心吊膽地接過酒，舔拭般啜飲，隨即辣得吐出舌頭。

不過，大概是身體立刻熱了起來，少年少女臉上泛起淡紅色。

效果顯著。

礦人道士從向他道謝的見習聖女手中接回酒瓶，對妖精弓手露出壞心眼的笑容。

「……幹麼？」

「沒什麼，只是在想這對纖細的長耳丫頭來說，還**早了一點**喔。」

「要吵架的話我奉陪，酒桶！」

妖精弓手再度豎起長耳回嘴，礦人道士奸笑著當沒聽見。

吵吵鬧鬧。女神官早已習慣夥伴們一如往常的交流，咯咯笑著。

之後只需把太鼓搬下山即可。他們的冒險已落下帷幕。

登上雪山，與雪男戰鬥，潛入冰之魔女的洞窟，取得銀箭，消滅敵人。

至高神對見習聖女下達的神諭，至此應該算達成了。

冒險成功。皆大歡喜。只剩下踏上歸途。有去有回才叫冒險。

可是——……

——……為什麼我的後頸在隱隱作痛？

女神官輕輕撫摸後頸，踩著雪邁步而出。

必須回村報告，而且還有那群雪男的後續問題，儘管就是他們放走的。

小巧的胸中懷著奇妙的焦躁感，她實在不想於此地久留。

「走吧，各位。」

冒險者們點頭同意，一行人踏上歸途。

沒什麼值得大書特書的。

或許是冬天的氣息消逝所致，冬季生物沒有出沒的跡象。

妖精弓手跟白兔獵兵晃著耳朵留意四周，然而，似乎連警戒的必要都沒有。

疲勞再加上剛經歷過戰鬥，一行人之間開始瀰漫鬆懈的氣氛。

懶洋洋——不至於這麼嚴重，但腳步也輕快不起來。

女神官等人卻一會聊天，一會欣賞景色，被白雪及藍天吸引住目光。

站在陡峭如懸崖的岩石上眺望，可以看見白雪像一座湖，積澱於峽谷之間。

好想跳下去看看——……

這種事當然做不到，不過世界的氣勢，就是壯闊到讓人忍不住這麼想。

山果然不屬於人類的領域。

恐怕也不是冰之魔女那種怪物的住處。

這裡是血氣方剛之神的聖座。因此至高神才對見習聖女下達神諭，肯定沒錯。

為了擊潰盤踞在此處的邪惡。

「……我真的，有把事情辦好嗎？」

手持天秤劍的她的呢喃聲，傳入女神官耳中。

女神官回頭想說些什麼，嘴巴才剛張開，就立刻閉上。

因為看見新手戰士在見習聖女耳邊說了幾句話，而她露出了笑容。

這樣就好了吧。

那些話不該由她說出口。女神官面向前方，用錫杖敲著地，輕快地跨步。

若要問下山是否比上山輕鬆，其實差不了多少。

心情上當然有，畢竟走完這段就結束了。不過，對身體造成的負擔是相等的。

一行人悠閒地往兔人村落邁進，不時在途中稍事休息。

「——」

離開冰之魔女的洞窟後不知走了多久，他們停下腳步。

「怎麼了，神官小姐？」

蜥蜴僧侶轉動長脖子，關心忽然駐足的女神官。

但她只答了一句「沒什麼」，視線緊盯著某一點。

「怎樣？有什麼事嗎？」

妖精弓手從旁探出頭，與按住後頸的她並肩，凝視同樣的方向。

陡坡前方，山腳處有座久無人煙的聚落，孤單地瑟縮在那。

「嗯？」妖精弓手歪過頭，緊接著「啊！」地瞪大雙眼。

是煙。

村子在冒煙。

「……戰火嗎？」

「八成。」

礦人道士提問，蜥蜴僧侶毫不猶豫地點頭。

「血肉的氣味，鬥爭之芬芳。那麼，問題是由何人所致。」

「但那裡不是廢村嗎？點火燒那種地方有什麼意義……」

難道是山賊之類的？畢竟事不關己，就算無視也不會受任何人譴責。

然而，強烈的惡寒襲向女神官，令她顫抖起來。

後頸彷彿被不明生物舔了一下，恐懼令她背脊發涼。

「————哥布林……？」

那是堪比神諭（Handout）的直覺（Inspiration）。

新手戰士及見習聖女面面相覷。白兔獵兵疑惑地歪頭。

可是，其他人不一樣。

「……啊——討厭——我就知道。」

妖精弓手遮住臉，仰天長嘆。開始跟那個男人共同行動後，一天到晚都是哥布林！

天上的棋手未免太壞心了。妖精弓手哀號著，礦人道士卻毫不顧慮，拍了下她的屁股。

「沒時間讓妳抱怨啦。該思考的是要怎麼做，對吧？」

「我、我知道啦！」

「話雖如此，選項唯二。前往，抑或返回。」

蜥蜴僧侶安撫著噘起嘴抱怨的妖精弓手，嚴肅地說。

他轉頭望向女神官，一副發自內心感到愉快的態度轉動眼珠子。

「意下如何？」

「要去。」女神官沒有一絲躊躇。

然後咬緊嘴脣，緊盯著村落，迅速開口：

「你怎麼看？」

「這個嘛。」蜥蜴僧侶猙獰地露出利牙笑了。同樣的問題，那男人問過他好幾次。

——雖說尾巴前端還黏著蛋殼吶。

「敵人若是小鬼，沒有必要攜太鼓前去。剩下只需考慮行軍時間。」

「……我想也是。」

沒錯。問題有二。安置太鼓。也得通知村子有危險。以及行軍時間。

那個人會怎麼做？

女神官思考著。總有計策，無論何時。

那個人是這麼說的。那麼，現在應該也一樣。非得如此。

「……法術還有剩對嗎？」

「是啊。」礦人道士拍了下大肚子，自豪地說。「還能再放個幾次。」

「這樣的話……」

怎麼做？行李、裝備、法術、狀況，考慮到這些因素——……

「欸、欸，我們該怎麼辦？」

新手戰士謹慎地發問，打斷女神官思考。

藏不住疲態的他站起身，直直走過來。

炯炯有神的雙眼，像在激昂訴說著自己「還能戰鬥」。

「請你們趕回村子。」

因此，女神官直截了當地答道。小鬼由他們對付。

新手戰士似乎以為女神官在擔心他們體力不支，努力挺起胸膛：

「我、我還可以打……沒錯，完全沒問題！」

「還可以就代表『快不行了』。」

然而，女神官並沒有被他的虛張聲勢影響。

他不是一直把這句話掛在嘴邊嗎？

「如果逞強或亂來就能贏，倒還無所謂，但要是這麼簡單就用不著辛苦了。」

好緊張。大腦一團混亂。聲音拔尖。她做了個深呼吸，灌進冰冷的空氣。

「再說，別忘了之前訓練所的事件。萬一兔人的村落遇襲就糟了……」

「……得回去通知大家，對吧。」

白兔獵兵緊張地點頭。大概是理解了這起事件跟自己的村落並非毫無關聯。

「交給我吧。太鼓我會負責搬回去，也會跟村裡的大家說。」

「拜託你。」

女神官低頭鞠躬，見習聖女「那就決定囉」鬆了口氣。

「好了，快點下山吧。時間寶貴。」

「可是啊……」新手戰士可憐兮兮地開口。

「到頭來我在牧場和訓練場遇襲時，都沒在前線戰鬥。」

「哈哈哈哈哈哈，倘若心有不甘，就該學會走得更長久吶。」

蜥蜴僧侶一臉得意，用力拍向新手戰士的背。

好痛！他叫出聲來。

「沒有比耐操持久的兵卒更強大的存在。是吧，術師兄。」

「是啊。礦人士兵從早戰到晚都不會嫌累。」

「前提是肚子不餓吧。」

妖精弓手半瞇著眼插嘴，礦人道士毫不害臊地挺起胸膛回答「沒錯」。

只要有酒跟食物，戰多少天都可以。那是礦人的驕傲之一。

妖精弓手大概是知道這點，並未再多說什麼，揚起嘴角露出清爽的笑容。

「就是這麼回事，所以要分工合作。這邊交給我們吧。」

反正一定還有幕後黑手。新手戰士聽了，雖然不太甘願，仍乖乖點頭。

這並非結束。要是他們全數在此喪命，才真的沒救。

「好啦……知道了。我會先回村子，通知大家，在那邊等，然後所有人一起回去。」

「嗯，乖孩子。」

妖精弓手輕笑出聲，優雅地對他眨了下眼。

少年為之心動，臉泛紅潮，見習聖女使勁用手肘撞他的側腹。

她無視新手戰士「嗚啊！」的哀號，向其他人鞠躬。

「那麼，待會見……！」

這句話隱含的意思，女神官不可能沒發現。

她點頭，輕輕搖晃緊握在手中的錫杖，做為回應。

「嗯。待會見。」

年幼的三人看著彼此點頭，抱起魔法太鼓踏出步伐。

他們腳步堅定，看來用不著擔心。

「那麼，問題剩下一個……」

女神官輕聲說道，將視線從少年們逐漸遠去的背影上移開。

廢村冒出的煙愈來愈多，也逐漸變濃。火災嗎？火攻嗎？

事態肯定非同小可。

況且，假如**那個人**在那裡——……

「……」

女神官握緊拳頭，放到平坦的胸前。

「不過，要怎麼做？」妖精弓手邊說邊重新裝好弓弦。「那裡很遠耶。」

「拖拖拉拉走下山的話，會趕不上喔。」

礦人板起一張深思熟慮的臉，高舉酒瓶灌酒。

「等我們抵達現場，戰鬥早就結束咧。」

「神官小姐可有妙計？」

蜥蜴僧侶語帶雀躍，似乎真的很興奮。

女神官苦笑著搖搖頭，吸氣，吐氣。

不會有問題。不會有問題才對。那個人肯定會這麼做，所以，不會有錯。

法術、裝備、狀況，全都考慮到了。除此之外別無他法——理論上。

不，就算有，當前能想到的最佳方案就是這個。

事後才想出更好的做法也沒意義。

因此，她堅定、果斷地說。

「——我有計策。」

那隻哥布林之所以靠近水井，並沒有特別的理由。

他確實口渴了。但主要原因是討厭那隻逞威風的巨魔。

只不過稍微強了點就整天頤指氣使，誰受得了。

結果還不是把工作都丟給我們做。也找不到什麼樂子。麻煩得要命。

其他傢伙都笨到乖乖聽話幹活，所以自己休息一下也無所謂吧。

打混摸魚、抱怨罵人這點小事，大家都在做，又不會怎樣。

沒那麼嚴重吧——……

因此就算他拉起井裡的吊桶時覺得特別重，也沒去思考原因為何，只懂得詛咒神明。

「!?」

一隻手臂突然伸出水井，掐住他的喉嚨，擠出模糊不清的喀嚓聲，令他失去意識。

儘管如此，直到死前，他仍不覺得自己有錯。

哥布林的屍體就這樣被拖入井中，伴隨平靜的水聲下沉。

掉在身旁的屍骸，嚇得牧牛妹「咿！」地叫了一聲，他的注意力卻完全放在觀察四周。

他——哥布林殺手觀察著。

「好。上來。」

從井裡爬出來的他，滴著水確認一片寂靜的周圍。

接著低聲呼喚，牧牛妹輕輕點頭，提心吊膽地抓著繩子往上爬。

雖說上頭有岩釘，水井的內壁依舊很滑，身體又因為恐懼及緊張變得極度僵硬。

明明差一點就能爬上去，她卻動彈不得時，皮護手一把抓住手腕，硬將她拉了上來。

「啊…………謝謝。」

「嗯。」

他沒有再說什麼，彎下腰迅速邁步而出。

雖然沒說話，牧牛妹從那動作看出他在叫自己跟上，便跟在後頭。

或許是因為完全沒想過要分別行動吧，她顯得言聽計從。

從不遠卻也不近的村莊中，傳來氣勢十足的怒吼聲。
顯然是那隻怪物率領著哥布林在大叫。時間所剩無幾。
由於他前進的方向與聲音來源相反，牧牛妹稍微期待了一下是要逃跑。
當然是在明知會落空的前提下期待著。
他不會放哥布林活著回去。剛才不是說過了嗎？
「……池塘……？」
「對。」
不久後，他們抵達之前來過的那座結冰的池塘。
他蹲下來拔出小刀，反手握住，朝水面揮下。
牧牛妹不曉得該做什麼，一屁股坐到他旁邊。
她抖了抖溼掉的身體——拜戒指所賜，明明沒冷到才對。
——對了，得趕快擦乾。
剛才他說過的話於腦海重現。否則會凍傷。
話雖如此，她不好意思在這邊脫掉衣服，所以只有盡量把下襬之類的部分擰乾。
水紛紛滴落。衣服黏在肌膚上，不太舒服，溼掉的頭髮好重。
「……你不用嗎？」

「不用什麼。」

「不用擦乾身體？」

嗯。他緩緩搖頭，語氣聽起來像在想事情。

「不必。很快就會暖起來。」語畢，又簡短補充一句：「很快。」

「是嗎……？」

她經常不理解他說的話是什麼意思。

牧牛妹抱著雙膝縮成一團，微微搖晃身體，以驅散寒意。

不對，比起覺得寒冷……也許更接近出於恐懼的行為。

隔著溼掉的衣服，能感覺到些許自己的體溫。

但這點溫度實在太過微弱，不足以當成令人安心的依靠。

「欸……」

因此，最後她拘謹地朝他的背影呼喚。只有這個選擇。

「什麼事。」

他沒有回頭，繼續動手，低聲回答。

牧牛妹不曉得這個問題能不能問，思考著該如何開口，然後把額頭埋進雙膝之間：

「那隻怪物說……你殺了他哥……」

「嗯。」

「真的？」

牧牛妹吞了口口水，小聲詢問。他回答得很乾脆。

「不記得。」

「那是……誤會嗎。認錯人了……？」

「那些傢伙也不會記得自己殺過誰。」

牧牛妹的問題，也蘊含些微的期待。

他則一口否定。

「『誰管那麼多』。」

這樣呀。牧牛妹咕噥了一句。說得也是。

過沒多久，他用小刀調整挖出來的冰塊形狀，扔給牧牛妹。

「哇！」

牧牛妹被冰得忍不住尖叫，他扔給她一塊比較沒那麼溼的布。

「幫我擦亮。」

「這、這個嗎？」

「還要再做幾個。」

「嗯、嗯。知道了……」

之後呢？牧牛妹吞回這個問題，照他所說動起手來。
他也默默鑿冰。
然而，不曉得過了多久。
牧牛妹放下不知道第幾塊冰磚時，他忽然抬起臉。
「風雪停了。」
「對耶……」
牧牛妹眨眨眼，仰望天空。
遮蔽天空的白雲另一側，透出同為白色的太陽。
「我從沒期待過神骰出的點數，但……」
這是個好機會。他咕噥了一句，抱著牧牛妹擦好的幾塊冰磚站起來。
「我去。」他簡短地說。「妳離開這個村莊。」
「咦……」
牧牛妹眨眨眼，睫毛上的霜發出清脆的啪哩啪哩聲。
「我去引起騷動。他們的注意力會集中過來。若是其他巢穴，可能會有幾隻逃掉……」
他重新抱好滑溜溜的冰磚，在口中喃喃自語村裡的地形後，用依然淡漠的語氣說：

「值得慶幸的是，那個不知叫什麼名字的怪物不會允許。妳應該能成功逃離。」

她早已料到他會這麼說。

之前，兩人為了逃跑而奔走；現在，他要為了殺戮而前行。

一如往常。

「……嗯。」

因此，牧牛妹沒有抵抗，點頭答應。一如往常。

「那我得回去……準備一桌溫暖的料理才行呢。」

「嗯。」

他簡短回應，在積雪的道路上緩慢前進。神奇的是，聽不見腳步聲。

牧牛妹緊盯著逐漸遠去的背影。開口，又合上。

該說些什麼？不會對他造成負擔的話語。加油？她老是在講這句。

想問的事。希望他說的話。牧牛妹逡巡過後，用彷彿會被風聲蓋過的聲音問：

「你會回來吧？」

他沒有停下腳步，默默向前。

肯定是沒聽見。那就沒辦法了。

牧牛妹輕輕抹了下眼角，點頭，緩緩轉身。

必須快點逃——找個村落通知這件事，找救兵來。

她開始小跑步，此時，背後傳來聲響。

「我沒打算輸。」

簡短、低沉、淡漠，他的話語。

沒錯，一直以來都是這樣。

——受不了，一點都不明白人家的心情。

她吐出一口氣，繃緊微微揚起的嘴角，於雪中奔跑。

§

占據村裡的廣場，還讓俘虜及手下隨侍在側，巨魔心中依然只有不滿。

「GOROGB！」

「GGOBOGGR！」

哥布林正發出刺耳的笑聲，盡情蹂躪俘虜。

若不好好盯著，他們會不小心做過頭把俘虜弄死，小鬼是不懂節制的。

現在也是這樣。他們奸笑著舉起刀，巨魔因此朝那邊瞪過去，讓小鬼閉上嘴巴。

——真是，哥布林這種生物，比嘍囉還沒用。

明明不打算乖乖聽從指示，只要他一散發怒氣，卻又會立刻過來拍馬屁。

然後八成在心裡吐出舌頭嘲笑他。那就是哥布林。

——狗頭人還比較好，至少沒心機。

他在內心唾罵某個種族的獸人，憤怒地望向手下。

但他們住在礦山，不太適合在地上做事——……

到頭來，巨魔只有這群小鬼可以使喚，這更加令他感到不悅。

「真慢……！快到吾宣布的時限囉……！」

抬頭一看，可憎的太陽掛在點綴著白雲的藍天上，光輝燦爛，灼燒雙目。

暴風雪停了，不曉得棲息在那座山上的愚蠢巨人和冰之魔女在搞什麼鬼。

這件事對巨魔來說同樣令人煩躁，用身體把椅子壓得吱嘎作響。

每個傢伙都是這副死樣子——每個傢伙都是這副死樣子……！

「GOBGR！GOOBOGR！」

「煩死了！」

一面鞠躬一面走過來的小鬼——大概是想上前觀察他心情如何——被巨魔一腳踹飛。

那隻小鬼搬來的壺掉在腳邊，巨魔把它撿了起來。

是用黏土蓋住的酒壺。搖晃幾下聽得見水聲，可見裡頭有裝東西。

巨魔剝掉黏土，一口喝光壺內的酒。

「冒險者還沒來啊……！」

「……GOBG。」

「混帳東西，怕了嗎……」

小鬼們看他的眼神，帶著扭曲的服從及輕蔑，巨魔不予理會，扔掉空空如也的酒壺。

既然時限將至，那也沒辦法。代表那個冒險者是個卑鄙又膽小的弱者。

只要把該做的事做完，攻進城鎮、揪出那傢伙，讓他死在無法想像的恥辱下不就得了？

在他面前殺光、侵犯、吃掉他的家人，折磨到那傢伙求他殺了自己，再殺掉。

一根根折斷全身的骨頭也不錯。

悲慘的呼救聲，會變成要人快點殺掉他的哀求聲。

巨魔舔了下沾上酒的嘴脣，抓住戰鎚站起來。

「妳們似乎被拋棄囉。」

聽見這句話，被釘在木頭上的女性依然沒什麼反應。

只有發出微弱的「啊」或「嗚」一聲，身體冷得微微顫抖。

不過，巨魔發現了。

女人黯淡無光的雙眼，有了些微的動搖。

人類終究只有這點程度。儘管心裡有求死的念頭、放棄了一切，實際上卻並非如此。

巨魔嗤之以鼻，雙手握緊戰鎚。

「要先殺哪個，這點要求吾倒是可以答應喔？」

他當然沒打算讓她們死得輕鬆。兩名女子目光相交。

想快點死。卻又不想死。另一人先吧。可是我不想講這種話。

「怎麼？無法決定嗎？」

看到這副可悲的模樣，巨魔不屑地笑了，抬起下巴催促哥布林。

「GBOORG！」

「GBG！GOORGB！」

剛才的不滿不曉得跑哪去了。醜陋的小鬼們帶著下流笑容，湧向兩名女子。

糾纏在腳下的氣息，嚇得她們發出僵硬的尖叫聲，哀求著「不要」。

「不快點決定，就由那群傢伙處理。那個冒險者見到妳們的屍體，也會後悔萬——」

唰。踢散白雪的短促腳步聲響起。

「…………!?」

哥布林沒有停止動作。但巨魔看見了。女人也愣愣地抬起臉。一道黑影。

從到處都是損壞、崩塌房屋的廢村中，朝這裡接近。

踩著大剌剌又從容不迫步伐的，是一名打扮寒酸的冒險者。

骯髒的皮甲、廉價的鐵盔。腰間掛著一把不長不短的劍，手上綁著一面小圓盾。

──兄長就是被那小子殺掉的嗎？此外，聽說還有個小丫頭跟他在一塊……算了。反正是哥布林的報告，不值得信任。

巨魔滿足地說，用手勢制止發出低吼聲、隨時要撲上去的小鬼。

「虧你有種單獨前來。雖然晚了一些……就原諒你吧。」

男人一語不發。看起來只是杵在那裡，鐵盔也沒動。

怕了嗎？巨魔哼笑出聲。也罷。那樣也無所謂。

「吾和你不同。只要以人質為盾，不費吹灰之力就殺得了你。但這樣毫無意義。」

巨魔緩緩舉起戰鎚，姿態威風地指向那名冒險者：

「就賞給你抵抗的機會。努力死得壯烈點，讓吾替胞兄報仇雪恨吧。」

「雖不曉得你誤會了什麼。」

那名男子冷靜地宣言。

「要死的是你們，我才是殺的一方。」

「很能吠嘛，冒險者！」

巨魔一聲令下，哥布林們便發出怪聲襲向冒險者。

哥布林殺手抽出劍，衝進漩渦之中。

戰鬥揭開序幕。

§

「喔喔！」

「GOROGB!?」

哥布林殺手的劍閃切開哥布林的鼻尖。

他踹倒噴出髒血，按著臉掙扎的小鬼，上前。

「GOROOOGB！」

「哼……！」

接著用左手的盾毆打撲過來的小鬼。

「GORGGB!?GOOORGB!?」

銳利的邊緣砸爛雙眼，哥布林慘叫著仰倒在雪地上。

不論是第一隻或第二隻，即使沒死，肯定也無法正常地活著。

雖然正常一詞，一點都不適用於小鬼的一生——……

「…………」

哥布林殺手雙手拿好滴著鮮血的武器，原地轉了一圈，瞪向周遭的敵人。

「GOROO……！」

「GBGR……GBBG！」

哥布林一步、兩步後退，聲音彷彿是從喉間擠出來的。

——此乃不可能發生的現象。

敵人只有一名，而他們數量較多。後面還有個愛逞威風的大個子。

那麼冒險者要嘛害怕，要嘛就是自暴自棄才會衝入敵陣。

冒險者不脫這兩種——因為冒險者很蠢。

對哥布林來說，自己以外的傢伙全部又傻又蠢。毫無例外。

因此他們感到焦慮。感到畏懼。明明不傻不蠢的只有自己才對。

哥布林以哥布林殺手為中心，逐漸圍成一個奇妙的圓。

他們心裡總是懷著「只有自己不會變成那樣」、毫無根據的自信。

而這自以為是的觀念，稍稍替換成了「只有自己不想變成那樣」的膽怯。

勇敢又不知恐懼為何物的哥布林，遍尋世界也找不著吧。

滿腦子只有自己單方面獲利、驕矜狂妄、嘲笑對手的想法。

若非如此，又如何會去襲擊人類？如何會從人類身上掠奪？

「GOORGBB!?」

一隻小鬼從背後偷襲，哥布林殺手看都沒看一眼，用反手握持的劍扎中他的腹部。

腹部被攪成一團亂的哥布林，內臟掉了出來，痛得倒在地上大哭。

哥布林殺手前進一步，哥布林也後退一步。

雪停了。風也停了。

將化為廢墟的村莊抹成白色的雪，被骯髒的鮮血染紅，覆蓋不掉。

「GOBR……」

「GBBRG……」

小鬼害怕地面面相覷。

跟想像中不一樣。要一起上嗎？可是誰帶頭？

狡猾又奸詐的互相牽制。好處最多的是第二或第三個。誰都不想當第一個。

不過——……

「到底在怕什麼，這幫該死的小鬼……！」

坐在包圍網外圍的一隻哥布林，被巨大戰鎚砸爛，連慘叫的時間都沒有。

不用說，當然是巨魔下的手。

怪物煩躁地揮舞巨鎚，甩飛黏在上面的鮮血及肉片，猙獰地露出利牙。

「要是連打頭陣都做不到，乾脆讓吾開膛剖腹當作熱身算了！」

面對仇敵，巨魔激動起來，因戰意而熱血沸騰。他目露凶光，對小鬼施壓。

「GGOORG！」

「GOR！GGOOBOG！」

被**敵人**前後包夾，哥布林忍不住紛紛大叫。

再不一起進攻，等待他們的只有死亡。不想死。這點誰都一樣。

會變成這樣，肯定也全是那個冒險者害的——……

而他不可能放過這一瞬間的空檔。

「蠢貨。」

哥布林殺手簡短罵道，用盾牌撞開敵人，殺進包圍網內側。

體格與裝備導致的重量差距，對一、兩隻小鬼來說絕對是無法抵抗的衝擊。

「GOOBG!?」

哥布林殺手直接往承受不住撞擊力道而倒地的哥布林身上踩去，踩斷兩、三根骨頭，繼續向前。

「GRGG!?BGO!?」

「GOOROGOGO!」

小鬼也受不了了，以半是拿夥伴當擋箭牌的形式，襲向冒險者。

反正那傢伙的攻擊一定會先打中其他哥布林，用不著擔心。到時再趁機殺掉他就——！

「一……！」

「GOOBG!?」

沒錯。

哥布林殺手的劍，貫穿不幸地站在最前方的小鬼咽喉。

第二、第三隻小鬼，嘲笑著因自己吐出的血泡窒息而亡的同胞，撲向哥布林殺手。

「GOR!?」

「GBBGR!?」

然而——……

舉起的棍棒砸到身後的友軍，哥布林氣急敗壞地踹倒前面那傢伙。

亂揮的大刀刺中附近同伴的肩膀，害他痛叫一聲揍向那隻哥布林。

「哼！」

「GOOBOGR!?」

這段期間，哥布林殺手仍在朝圓圈外側進攻。

他揮舞還插著屍體的劍，放開手，同時撞飛兩、三隻小鬼。

向前踏出一步，用空出來的右手毆打哥布林的臉。

接著趁小鬼慘叫著向後仰時，搶走插在腰帶上的劍，擲向內側某一隻。

「GRGB!?」

「二─！」

喉嚨長出一把劍的哥布林應聲倒地。哥布林殺手拿他當踏腳石，不斷向前跑。

踩住敵人，跳躍。高度不能高。滯空時間要短。在空中無法行動的期間，會成為破綻。

「GOOG!?」

「這樣就三！」

他在著地同時踩扁哥布林，壓斷脊髓。但還沒結束。

小鬼們立刻蜂擁而上，一邊用武器互相攻擊、互相怒罵、互相爭執。

哥布林殺手維持降落時的低姿勢，迅速踢腿一掃。

「GOBGR!?」

附近那隻倒楣的哥布林失去平衡──背後當然是他的同伴。

那麼，會發生什麼事？

「GR！GOROOGB⁉」

「GOBB⁉」

想也知道會被踩到。而踩人的一方也失去平衡，向後倒下。後面又是？

「GOROG⁉」

「GOOBGGG⁉」

摔倒、被踐踏、掙扎、大鬧、受到波及，又有幾隻跟著摔倒。

哥布林殺手以低姿勢衝出來，瞬間通過這團混亂。

「GOOB⁉」

還不忘向躺在地上掙扎的一隻哥布林借來棍棒。

「混帳，這幫廢物小鬼……！數量這麼多，還搞得如此難堪！」

他聽著那隻不知叫什麼的怪物在遠方怒吼，擊碎第四隻小鬼的頭蓋骨。

「GOBBG⁉」

四。他順勢彈刀──舉起棍棒，擋開敵人的攻勢，再往前一揮扔出去。

武器被高高擊飛的小鬼踉蹌著撞上同伴。

怒罵聲傳來，哥布林停止動作。

哥布林殺手撿起那隻哥布林掉的短槍，亂槍打鳥地射出。

「GOBBGRRG!?」

胸口被槍尖刺中的小鬼，拉著同伴一起倒地。

而他們推開屍體的那瞬間，又停止動作了。

哥布林殺手把小鬼掉在地上的武器盡數撿起，朝四面八方投射。

全是同樣的動作。

真是，放眼望去盡是哥布林。隨便朝他們揮出武器就會死。

在平地與大軍正面對決、將其殲滅，哥布林殺手沒這個能耐。

然而，哥布林也不可能有辦法像正規軍隊那樣戰鬥。

所以才說——只要沒有哥布林王！

「GOOGG!?」

「這樣就，十二！」

哥布林殺手明顯控制(Control)著敵意(Hate)。

內訌。焦躁。恐懼。憤怒。令混沌(Chaos)如骨牌似的擴散開來。

就這樣，哥布林殺手咬破了雜亂無章的包圍網。

「冒險者！」

等待他的是那隻強大的怪物。

哥布林殺手宛如妖精弓手射出的箭，直線奔向前方，定睛凝視。

想必奪走了許多性命的巨鎚。反射雪光散發鈍重光芒的金屬塊。

恐怕足以一擊致命。

不能期待像之前那場戰鬥那樣撿回一命。

相對的，他擁有的是棍棒、圓盾、放在雜物袋中的幾樣裝備。

——沒有問題。

哥布林殺手擺出彷彿要匍匐在地的姿勢，加快速度。

「死吧！」

戰鎚揮下。發出撕裂空氣的風聲，試圖一擊打碎他的頭蓋骨到背骨。

哥布林殺手在這一刻，以雙手敲向地面。

混入泥土、染上褐色髒汙的雪濺起，如同水花。

不曉得是戰鎚的威力所致，還是因為他緊急煞車。

無論如何，結果一目了然。

千鈞一髮之際，戰鎚鈍重的光，在哥布林殺手眼前埋進地面。

——好軟！

巨魔使勁想把鎚子從泥濘中拔出，哥布林殺手趁隙跳躍。

宛如妖精弓手射出的箭，變換軌道。

「呶喔喔喔！」

恨之入骨的敵人拿自己引以為傲的武器當踏臺——蹬了一下，跨過自己的身體。

對巨魔而言，這是何等的屈辱啊。

他重新用雙手拿好戰鎚，迎擊裝備寒酸的冒險者。

然而，哥布林殺手對不知其名的怪物的情緒一點興趣也沒有。理所當然。

他在降落的同時於地面翻滾以減緩衝擊，接著起身，上前。

因為這隻怪物——甚至連哥布林，都不是他的目標。

「啊……」

「還活著吧。」

聲音微弱。哥布林殺手簡短回應。被釘在十字架上的俘虜少女眨了下眼。

背後傳來哥布林和巨魔響徹四周的怒吼聲。時間所剩無幾。

他將這寶貴的空檔，用在說一句話上。

「雖然會痛，這樣就解脫了。」

「……咿。」

少女無力地點頭。哥布林殺手殘酷又機械性地，將她從十字架上扯下來。

「嗚、啊……!?」

打穿身體的釘子撕裂肉的痛楚，令少女痛得掙扎。哥布林殺手將她扛在肩上。

還有一個。前去拯救另一人的前一刻，他往旁邊跳躍，在雪地上滾了一圈。

「混帳東西！還有閒情逸致管區區俘虜，看來你挺從容的嘛！」

「也不是。」

巨魔揮下戰鎚大吼，一副光憑視線……光憑猙獰的笑容就足以取人性命的模樣。

哥布林殺手低聲回應，同時抽出放在雜物袋裡的手。

「嘎啊啊!?」

碎石子般的物體發出清脆聲響，擊中巨魔的臉，紅色粉末如雪花飛散。

巨魔立刻哀號著按住臉，身體後仰。

用蛋殼裝辣椒粉做成的催淚彈。不論何種怪物，只要有眼、鼻、口就能攻擊。

「這根本是，小鬼頭的……惡作劇！」

被小看了。被嘲弄了。簡直像哥布林對弱者做的那樣。

巨魔在字面及譬喻的意義上都殺紅了眼，僅靠著一身蠻力揮動戰鎚。

「GOROOGB!?」

「GOB!?GOGR!?」

砸爛肉塊的觸感。但那是被哥布林殺手抓來當替死鬼的哥布林。

哥布林殺手用盾牌將哥布林推向巨魔，就這樣奔向另一位俘虜。

在背負著一人的狀態下，光論速度根本無從比較。

不過這裡已經是包圍網之外。巨魔正煩躁地大吼，揮動武器。

哥布林們只敢在一旁遠遠看著，哥布林殺手徹底利用了這個狀況。

「走。」

「……好、的。」

另一位少女同樣如此回應，被硬扯下來的痛楚，也靠咬住嘴唇忍過了。

這樣俘虜就都救出了。哥布林殺手把她們當成桶子扛在肩上，望向敵人。

自己的動作已經變得遲緩。有隻手空不出來。無法使用武器。若要交戰八成會輸。

其實沒必要救她們。大可見死不救。但他從來沒考慮過這個選項。

如果要問做還是不做，就去做。這是師父給他的第一個教誨。

「愚蠢的冒險者……你打算這樣送死嗎。」

巨魔總算撥掉跑進眼裡的催淚彈粉末，露出鯊魚般的扭曲笑容。

哥布林說過，凡人（Hume）很愚蠢。確實如此。

不曉得是基於自身的心情還是世間的評價，總之他們會在意這些因素，試圖拯救人質。

雖然也有人會表現得像個惡徒，選擇將人質捨棄——那種傢伙遲早也會被秩序排擠。

這名冒險者屬於哪一方，連巨魔都一眼能辨。

而讓這樣的人墜入絕望深淵，對於不祈禱者而言乃無上的喜悅。

「行。吾就如你所願，當著這兩個丫頭的面殺了你。可惜啊，救兵竟是如此愚昧——……」

巨魔緩步前行。哥布林殺手沒有回應。

他只是抬頭看著天空，看著在點綴著白雲的藍天上，綻放強光的太陽。

太陽即將攀上天頂。即使在這個季節，也是日照最強烈的時候。

——他就在等這一刻。

「GGBBOOR!?」

其中一隻哥布林發出困惑聲。另外幾隻也跟著抬頭仰望天空。

是煙。在冒煙。熱氣乘風而來。血紅色的舌頭舔拭著天空。

是火。是火焰。

「GORG!?」

「GGOOBOR!?」

「什……!」

巨魔啞口無言。村裡到處都起火了。

他無視正在為失火一事互相卸責的哥布林，把手中的戰鎚柄握得吱嘎作響。

——那傢伙還有同夥嗎!?

巨魔睜大眼睛瞪著他，哥布林殺手不屑地開口：

「誰會跟你們這些傢伙堂堂正正戰鬥。」

乘風吹來的煙，已經開始籠罩這座村落的廣場。

面對宛如一層暈開的淡墨的煙霧，連能看穿黑暗的雙眼都派不上用場。

他們是靠熱度感應敵人的位置。只要用帶著高溫的煙霧阻擋視線……就無用武之地。

巨魔不可能知道。

村裡各個角落，都放著哥布林殺手鑿出來，由牧牛妹擦亮的冰磚。

在對方布陣等待他出現的期間，哥布林殺手默默設置好了陷阱。

透過冰塊集中的光，熱度足以點燃物品。

就算在雪中，房屋乾燥的木材、雪下的樹枝——都能燒得很旺。

這名男子，熟知如何遮蔽哥布林能在黑暗中視物的眼睛。

「我不知道你是什麼怪物，但。」

哥布林因混亂及恐懼嚷嚷著，巨魔用氣得發抖的拳頭握緊戰鎚。

瀰漫四周的煙霧。揚起的粉塵、火星。

那名冒險者在混入其中、消去身姿之際，淡漠地宣言了。

用一如往常，低沉且無機質的嗓音：

「哥布林，就該全部殺光。」

§

黑煙繚繞的火焰中，哥布林殺手背著兩名女子不斷奔跑。

「GOORGB！」

「GB！GOR！」

四周傳來醜陋小鬼的叫聲。儘管他們擁有暗視的能力，依然看不穿熱煙。

巨魔似乎也一樣，擊碎周圍廢墟的巨響，與發狂的怒吼聲一同響起。

每當聽見這個聲音，被他扛在肩上的兩位少女就會繃緊身體，哥布林殺手卻沒有理會。

時間寶貴，一秒也好，一瞬也好。本來就已經在數量方面占下風，沒必要放棄優勢。

哥布林殺手放開肩上的少女一瞬間，手伸進雜物袋中摸索。

裡面塞滿小石子，他抓住削尖的石頭往後方撒。

「GOORGB？」

「GGBB!?」

緊接著便傳來追在身後——雖然他們看不見他——的小鬼慘叫。

腳受傷，移動速度會隨之下降。很難從火焰中逃生。

——這樣就能解決掉幾隻。

接著，他撿起手邊的小石子隨意一扔。石頭砸中金屬，用力彈開。

「GGOOBR！」

「GORB！GGBRO！」

聽見幾隻哥布林往聲音來源跑去的腳步聲。

哥布林殺手迅速朝那個方向擲出短劍。

「GOOBRG!?」

哀號。恐怕是劍刃刺中喉嚨了。他很清楚這個高度。

哥布林殺手習慣在看不見敵人的狀況下戰鬥，然而，哥布林不同。

他們作夢都想不到，自己會落得這種下場。

——沒有不奪去對方優勢的道理。

哥布林殺手如此判斷，滿意於這個結果。

他趁哥布林陷入混亂大吵大鬧時，奔向他視為目的地的水井。

「現在要把妳們放下去。」

「……咦。」

恐懼的聲音。小鬼殺手低聲說道「不必擔心」，將戒指戴在她們纏著繃帶的手指上。

「可以呼吸。也不會被找到。在這裡躲好，等待，直到外面安靜下來。」

「……好……的。」

看見她們點頭，他讓兩人坐進水桶，用吊索放入井裡。

一聲、兩聲，沉甸甸的物體沉入水中的聲響傳來。

四周的哥布林根本無暇顧及這邊。應該沒被聽見。

——這樣就行了。

只要青梅竹馬回去通知別人，就會有冒險者趕來這。

狀況如此嚴重，不可能派連搜索生還者都不懂的愚蠢冒險者過來。

如此一來，就算他死了，那兩位少女也會得救——……

「……………唔。」

思及此，哥布林殺手低聲沉吟。

自己會死。這是該設想到的情況，事到如今也沒什麼好多提的。

但，牧牛妹、女神官、櫃檯小姐、夥伴及友人的面容，突然浮現腦海。

他們會傷心嗎？恐怕會。其他人也是。但冒險者丟掉性命，是稀鬆平常的事。
他們肯定會喝酒、聊天、歡笑，總有一天回歸平凡的日常。
正合我意。他喃喃自語著。沒有比這更好的結果。被當成一位冒險者看待！
「但，不是今天。」
哥布林殺手將幸福的想像拋到腦後，立刻面對現實。
死亡這件事本身是該接受沒錯，但他不打算求死。兩者之間相去甚遠。
「那麼……」
他檢查自己的武器、裝備，思考牢記在腦海的村莊地形及現在位置。
「GGBORRB！」
「GOROOBG！」
哥布林的叫聲從四面八方傳來。沒什麼意義。不過聽得見巨魔的怒罵聲。
「怕了嗎，冒險者！耍這種下三濫伎倆……你這個不靠手段就贏不了吾兄的弱兵！」
「沒錯。」
雖然不知道他司是誰，但沒道理不這麼做，因此他說的肯定沒錯。
哥布林殺手抓起腳邊快要融化的雪與泥，扔向怒罵聲的來源。
水濺起的聲音，立刻被巨魔震耳欲聾的怒吼蓋過。

「在那裡嗎！」

「沒錯。」

他又說了一遍，像要逃走似的轉身狂奔。

向前跑，向前跑，向前跑，向前跑。如同一把斬裂煙霧的劍，朝著那一點邁進。

小鬼們——連那個不知道叫什麼的怪物，顯然都沒掌握住村裡的地形。

——果然很蠢。

怪物們連目標在朝哪移動都不清楚，就跟在他後面跑。

沒多久，煙霧忽然散去。

大概是因為他移動到了不足以讓煙霧瀰漫的遼闊場所。

巨魔像要驅散眼前的黑煙般眨了下眼，用力踏出一步，地面劇烈搖晃。

不出所料，那名冒險者就在那兒。

穿戴骯髒的皮甲、廉價的鐵盔。拿著一把不長不短的劍，手上綁著一面小圓盾。

是個穿著寒酸的男人，連新手冒險者都會用更像樣點的裝備吧。

「那兩個丫頭怎麼了！冒險者！」

哥布林殺手沒有回答，像在計算距離般拖著腳緩緩後退。

巨魔似乎將這個行為視為恐懼，彷彿發現了將要咬死的對象，露出猙獰的笑。

「吾看八成是因為成了負擔，就被你拋下了吧！多麼難看啊！」

哥布林殺手在鐵盔裡低聲沉吟。小鬼正從巨魔身後湧出。

數量比想像中還多。推測是在火與煙中，靠耍小聰明從上司的戰鎚下逃過一劫的。

因此哥布林殺手又退了一步。巨魔逼近他，哥布林跟在後頭。

「GOOBORG！」

「GGBRG！」

小鬼們看著彼此，竊笑著交頭接耳。

那個冒險者死定了。之後只能任憑他們處置。自己活下來了。可以領賞。不會有錯。

對哥布林來說，這是極其正常的想法。

小鬼毫不懷疑自己的才能，覺得自己理應得到與功勞相符的獎勵。

為此更需要狠狠教訓這個冒險者。

頭不錯，不然就一、兩根手指。需要證據證明自己殺了他、摧毀了他。

不，從握有證據的傢伙手中搶走也行。

哥布林們互相牽制，觀察情況，團團圍住冒險者。

「…………」

哥布林殺手像要用單手劍刺向前方般將其拔出，瞪向周圍。

劍尖在空中畫了個圈威嚇小鬼。只要他們同時攻過來就完了。顯而易見。

他一面計算敵我之間逐漸縮短的距離，又退後一步。

巨魔則走向前，在包圍他的哥布林群體中開出一條路。

手握如果從正上方揮下，肯定會砸爛身體、奪走人命的巨大戰鎚。

巨魔氣勢洶洶地揮舞著它，巨鎚像要蹂躪冒險者般劃過天空。

「齷齪的冒險者鼠輩……放棄掙扎，像棺材上的釘子那樣受死吧！」

「有個疑問。」

哥布林殺手簡短地說。他搜著雜物袋，將某樣裝備握在手中。

「你那個兄弟，也是一無是處，只懂亂揮武器？」

「……!?」

巨魔不理解這個問題的意圖，但他感覺到其中蘊含的侮蔑，瞪大雙眼。

這樣我就有印象了。冒險者接著說。在水之都地下的，某隻巨大哥布林。

「但，」哥布林殺手納悶地嘀咕道。「你看起來不像哥布林。」

「你、你這混帳啊啊啊啊啊————————！」

戰鎚的一擊擊碎地面，發出轟然巨響。

雪與冰濺起，哥布林殺手躍向後方。

巨魔甩去沾到武器上的霜，恨意十足地大吼。

「本以為對你這種小角色，用不著祭出這招……！」

他高高舉起食指。哥布林殺手透過鐵盔看見，那裡亮起了光。

「『卡利奔克爾斯（火礫）』……『克雷斯肯特（成長）』……………！」

他高聲詠唱，魔力在大氣中凝聚，醞釀熱氣。

光轉變為火焰，火焰膨脹成球體，火勢增強，烘乾空氣，熊熊燃燒。

熱度足以致命的火球，綻放出紅、藍、白的光輝，在灰色天空下照亮曠野。

冰雪消融，蒸氣瀰漫。哥布林殺手彎下腰，擺好架式。

再怎麼耀眼，都比不過**那孩子**的光芒。

「『雅克塔（投射）』……!?」

接著，正當巨魔準備射出火球時。

「什、麼……!?」

地面下沉了。

不，是他的**腳下沉了**。

巨魔因此目測錯誤，扔出去的火球往其他方向墜落——同樣陷進地面。伴隨高溫的蒸氣。

怎麼可能。巨魔眨眼觀察周圍，異變不僅限於他的腳下。

「GBOORGB!?」

「GOBR!?GOORGB!?」

哥布林溺水了。

不只雙腳，連胸口、脖子都陷進地面，只剩不停亂揮的手顯露在外。

——地面？

這時巨魔才意識到那刺骨的冰冷，令身體凍結的寒意。

這不是地面。這不是地面！這是——這是**水**！

「冒、冒險者……啊！」

巨魔尋找仇敵的身影，彷彿要尋求解答。然而，他忽然消失了。

「嘎、啊啊啊啊啊啊……！」

如此信賴的戰鎚，如今成了沉重的負擔，將巨魔巨大的身軀拖進水裡。

巨魔宛如被溺斃的小鬼掩蓋住，沉入昏暗的水中，逐漸消失。

哥布林殺手在水邊看著整個過程。

他事先跳進了**剛才鑿冰挖出來的洞**。

「呼吸（Breathing）」戒指於他的手中閃耀光輝。微弱的燈火（Spark）維繫了他的生命。

事實上，無論使用魔法還是戰鎚的一擊，池塘的冰碎掉，顯然都會釀成這個後果。

只要明白這點——就能預先跳進水中。不會因不知所措而沉下去溺斃。

連著那群哥布林一起一網打盡——不，村裡可能還有倖存的殘黨。

他抓住岸邊的草，勉強拉起溼透的身體，爬上陸地。

趴在地上大口吐氣，仰躺下來調整呼吸。

身體異常沉重。是因為疲勞嗎？肯定是。再加上寒冷。累得要命。

「…………」

他深深換了兩、三次氣，搖搖晃晃地起身。

一步也不想動，可是不得不動。那麼就只能動起來了。

凡事都看要做還是不做，而非能不能做到。

當前的狀況不容他計算數量。剩下多少隻小鬼也不清楚。

而哥布林殺手有必要將其盡數殲滅。

「……走吧。」

仔細一看，村中仍持續冒出黑煙，小鬼的哀號聲迴盪著。

那兩位少女還躲在井裡，沒被發現。但他並沒有因此想讓她們久候。

他一直在讓青梅竹馬等他。至少今天總該早點回去吧。

「叫什麼來著……」

——……那隻怪物。

哥布林殺手沉思片刻，因疲勞而變遲鈍的大腦，卻想不起名字。

好吧，算了。哥布林殺手心想，對池塘的水面自言自語。

「相較之下哥布林才——……」

「冒、險……者！！！」

這個瞬間，水柱噴出。

巨大身軀發出咕嘟咕嘟的喉音高高躍出水面，伴隨質量從高空降下。

不曉得哥布林殺手是否立刻理解了現狀。

沒有放開武器的巨魔，故意深深潛入水中。

然後用力踢擊池塘底部，跳躍。

無論是否理解，他都操控沉甸甸的四肢，舉起盾，握住劍，擺出迎擊的姿勢。

巨影進逼而來，面對那致命的威力，他只能，只能——……

§

「『慈悲為懷的地母神呀，請將神聖的光輝，賜予在黑暗中迷途的我等』！」

§

——白光。

讓人覺得彷彿太陽降落於地面的，清澈的強光。

「啾喔喔!?」

致盲的光芒，刺得巨魔大叫著扭動身軀。著地點偏移了。

哥布林殺手懷著不敢置信的心情蹴地而起，往一旁跳開。

千鈞一髮。戰鎚砸在地面，濺起雪與冰，以及水花。

不可能發生的事。

哥布林殺手站起來，調整呼吸。

不可能聽見的聲音。

但的確是現實。

「哥布林殺手先生!」

語氣中參雜著緊張，以及大概勝過了緊張的喜悅之情。

少女的聲音從山腳傳來。哥布林殺手抬頭往那個方向看。

——有了。

夥伴們乘坐雪橇，而女神官站在最前面，高舉錫杖。

金髮隨風飄揚，貼在額頭及臉頰上，她的眼神卻沒有一絲動搖，臉泛紅潮。

「這次……趕上了……！」

哥布林殺手笑了。在鐵盔底下微微揚起嘴角，這樣的笑法。

「毛毯做成的，雪橇嗎。」

「是啊。」

礦人道士操控雪橇滑到哥布林殺手身旁，跳下來笑道。

「這孩子叫我用『風化(Weathering)』，讓溼掉的毛毯快點結凍。」

「哈哈哈哈哈，不愧是受到小鬼殺手兄薰陶之人。」

「與其說薰陶，不如說荼毒，荼毒！歐爾克博格的荼毒！」

身體仍抖個不停的蜥蜴僧侶及妖精弓手說，女神官聞言，紅著臉縮起身子。

沒這回事……她用微弱的聲音抗議。「不」哥布林殺手搖頭說道：

「好方法。」他短暫停頓，努力發出溫和的聲音。「得救了。」

「……是！」

女神官臉上綻放出不遜於剛才那項神蹟的燦爛笑容，用力點頭。

「對了，那一位……」

是在指牧牛妹吧。她擔心地問，哥布林殺手點頭。

「沒事。」然後又覺得這麼一句話應該不夠，補充道：「逃脫了。」

「太好了……」

「我就知道。」

女神官鬆了口氣，旁邊的妖精弓手單手持箭，輕盈地跳下雪橇。

「是說，雖然我剛才遠遠看就發現了。」

她一臉疲憊，望向拿戰鎚支撐身體，緩緩站起的巨影。

「這不是巨魔嗎？我還以為是什麼咧。為什麼巨魔會在這種地方……」

「巨魔。」哥布林殺手愣愣地重複。「原來是巨魔。」

「你好歹記一下吧！」妖精弓手氣沖沖。「那是最初的冒險遇到的敵人耶！」

「冒險……」

哥布林殺手看著巨魔，回想在遺跡發生的那場戰鬥。

是嗎。

那是冒險啊。

「……我會記住。」

他晃動鐵盔點頭，妖精弓手「很好！」滿足地挺起平坦的胸膛。

「果真如此，那麼本次即為再戰。實乃一雪前恥的良機。」

蜥蜴僧侶露出愉悅的——猙獰的——笑容，礦人道士大口灌下火酒。

「怎麼做？嚙切丸。我們也剛經歷過冒險，消耗了一些精力喔。」

「……我有計策。」

哥布林殺手說。無論何時，口袋裡都有計策。只要眾人齊聚一堂，要多少都有。

「我們上。」

「好的，上吧……！」

聽見哥布林殺手這句話，冒險者同時展開行動。

蜥蜴僧侶手持鋒利的牙刀，站在彎下腰、舉起劍與盾的他身旁。

妖精弓手拉緊弓弦，女神官舉起錫杖，一旁的礦人道士把手伸進袋子。

擺過好幾次的陣形。每每組隊與怪物對峙，都會擺出的熟悉陣形。

握著戰鎚的巨魔睜大眼，瞪著那可憎的景象。

「是嗎……！」

冒險者。

那些傢伙，是冒險者。

「原來就是，你們嗎！」

「沒錯。」哥布林殺手第三次這麼回答。「你說得沒錯！」

下一秒，拖著疲憊不堪的身體飛奔而出。

§

「呶喔喔喔喔！」

巨魔咆哮著揮下戰鎚，冒險者步伐一致，靈敏地閃過。

敵人的力量依然足以一擊致命，而這跟以往並無分別。

妖精弓手皺起眉頭，瞄準目標大叫：

「怎麼辦，歐爾克博格！」

「讓他掉進去。」

哥布林殺手簡短地說。

「你剛才不就用過這招了!?」

她邊喊邊發箭，接連射中巨魔的胸口。

然而，巨魔揮動戰鎚折斷箭身，並未受到傷害（Damage）。

「太孱弱了，森人！」

妖精弓手「呀！」尖叫著躲過接連揮下的戰鎚。

被那巨大的鐵塊擊中可不是鬧著玩的。身體會被砸爛，有留下四肢就不錯了。

想到跟被拍死的蟲子一樣的死相，森人聰慧的面容失去血色。

哥布林殺手卻慎重計算距離，用一副理所當然的態度說：

「再一次。」

「啊啊，討厭……！」

知道了啦。妖精弓手以感覺不出他們正面臨困境的笑容回應，在雪地上不斷奔跑，連腳印都沒留下。

哥布林殺手瞥了眼那道以狙射點為目標的軌跡，接著詢問礦人道士：

「法術呢？」

「還剩一、兩次左右吧。」

「最後一次留著。」

「好喔！」

最後，他望向女神官。

她正在準備投石索（sling）。表情雖然堅定，臉色卻因為疲勞而發白。

已經沒有祈求神蹟的餘力了吧。

「別……」

「我沒有逞強喔。」

女神官打斷他說話，露出得意的笑容，堅毅地回應。

「如果逞強或亂來就能贏，就用不著辛苦了。」

「好。」

哥布林殺手點頭，視線移到巨魔與妖精弓手的戰鬥上。

妖精弓手射箭、奔跑、四處跳躍，持續吸引巨魔的注意力。

戰鎚命中樹幹，擊碎樹枝。但她的身影宛如從枝葉間灑落的陽光，輕盈搖曳，跳到下一處枝頭上。

雖說植被已經枯萎，但這裡可是森林中。森人可謂如魚得水，應該能再撐一下。

「你怎麼看？」

「小鬼殺手兄是否聽過古老往昔，在遙遠彼方流傳的敘事詩？」

蜥蜴僧侶用尾巴拍了下哥布林殺手的肩膀，愉悅至極地轉動眼珠子。

「再巨大的身軀，皆逃不過重力的束縛。遑論雙足走行之輩……」

「就這麼辦。」

哥布林殺手從雜物袋中取出鉤繩，將鉤子扔給蜥蜴僧侶。

「掛上去。」

「掛在又粗又牢固的樹上。明白！」

只經過短短兩、三句對話，兩道人影便在雪原上如滑行一般飛奔而出。

光是看到這幅景象，妖精弓手似乎就理解他們的意圖了。

她用彷彿身體沒有重量的輕快動作抓住樹梢，轉了一圈，在樹上就定位。

「配合我！」

「是！」

隨著可靠的夥伴一聲令下，女神官也拿投石索纏住碎石，瞄準目標。

不曉得是拜練習所賜，抑或敵人身體太大，飛出去的石頭命中巨魔的臉又彈開。

「要小聰明！區區娃兒扔來的石子，以為傷得了吾嗎！」

「那麼，這次可不是一般的箭……！」

妖精弓手用她小巧的皓齒，緊緊咬了下從箭筒抽出的木芽箭頭，架在弦上。

拉滿的弓弦發出樂器般的音色，射出箭矢。

那支箭直線飛向巨魔的眼睛，然後——……

「咕啊!?」

在射中眼球的瞬間炸成碎片。巨魔忍不住把臉後仰。

「哼哼。」妖精弓手跳到下一棵樹上，挺起平坦的胸膛。

「之前就算射中，你們也會馬上把箭拔出來痊癒嘛。森人可是很聰明的！」

未必喔。她聽見礦人道士的咕噥聲，長耳晃了下。

雖然很想回罵「有意見就說啊」，還是等戰鬥結束再吵好了。現在只能稍微忍忍。

「趁現在，歐爾克博格！」

哥布林殺手沒有回答。蜥蜴僧侶將繩子纏上樹幹，掛好鐵鉤。

「行了，小鬼殺手兄！」

哥布林殺手蹲低身子，迅速在巨魔腳下繞了一圈又一圈。

繩子做成的陷阱，連哥布林都絆得住。如此巨大的身軀豈有不摔倒的道理？

「喔喔……！」

他拽緊繩了，巨魔的體重沉甸甸地傳到手上。

踩穩步伐避免滑倒，疲勞導致肌肉僵硬，他咬緊牙關。

「吸、喔，喔喔、喔……！這種，騙小孩的，把戲……！」

巨魔也一樣。

他雙腿使力，試圖硬將傾斜的身體拉回，同時撥去飄進眼裡的粉塵。

不需要手下留情了。比起折磨，更重要的是殺光他們。

「『卡利奔克爾斯（火礫）』……『克雷斯肯特（成長）』……」

巨魔再次高舉手指，具有真實力量的話語，從口中迸發而出。

指尖亮起魔力的光。蜥蜴僧侶壓住樹根以免樹木倒下，睜大眼睛。

唯有一行人當中體型最為壯碩的他，才能擔起按住鉤繩的職責。

「『火球』要來了……！」

「上次也聽過這句話耶！」妖精弓手板起臉。當時是礦人說的吧？

「……我要、上了！」

在場最為嬌小的身影——女神官，挺身阻擋在龐大的魔力漩渦前。

雙手虔誠地捧著錫杖，懷著決心閉上眼，高聲朗誦祈禱的話語。

「慈悲為懷的地母神呀，請將神聖的光輝，賜予在黑暗中迷途的我等——！」

這個瞬間，巨魔想必露出了冷笑。

神聖之光的神蹟，他不久前才目睹過。

既然知道對方要使出這招，只需做好準備，在那瞬間闔眼即可。

反覆干擾視野固然有效，終究只是這點程度的小伎倆。

因此，巨魔預測到聖光的來臨，將視線從那個方向移開，然後——……

「——!?」

因為**什麼事都沒發生**而睜大眼睛。

看見他的表情，女神官稚氣尚存的臉上冒著汗，浮現大膽無畏的笑容。

——沒錯。

她用錫杖指向巨魔，挺起滿懷驕傲與氣魄的小巧胸部。

——我只是念出**祈禱的話語**罷了！

「就是現在！」

「來囉！」

礦人道士口中含著提神用的火酒，結完法印的手指劃過空中。

「『妖精（Pixie）呀妖精，不給糖，快搗蛋』！」

妖精喜歡惡作劇。如果有機會盡情惡作劇，他們會欣喜若狂地飛撲過來。

長著翅膀的小東西們咯咯笑著，「束縛（Hold）」住巨魔的腳。

事已至此，他無力回天。

「嘎、啊啊啊啊啊啊啊啊啊!?」

集中力被打斷，擁有真實力量的話語消失在虛空中，指尖的魔力散去。

巨魔連踩穩腳步都辦不到，仰躺著倒下，再度摔往湖面。

「喔喔……！」

水柱濺起飛沫，哥布林殺手順勢跳躍，咆哮著撲向目標。

他反手握緊佩劍，降落在沉入水波之間的巨魔的胸口，吶喊：

「砍斷，繩子……！」

「明白！」

蜥蜴僧侶大吼一聲，以利爪切斷鉤繩。

繩子應聲而斷，巨魔失去拉力，只得沉入水中。

然而，哥布林殺手將劍刃刺入在水中掙扎的巨魔的喉嚨，使勁一剜。

「呃啊啊!?冒、冒險者……!」

巨魔痛苦地扭動身軀，口吐血沫，兩眼卻依然閃爍凶光。

原來如此。確實造成傷害（Damage）了。但不是致命一擊（Critical）。

這名冒險者拿如此破爛的劍，不可能殺得了巨魔。

蠢蛋只學得會一種把戲。自己只要再次沉進池塘底部，跳起來就行了。

同樣的手段用兩次，代表他們已經無計可施——……

「我要當你的面，吃掉那個小丫頭，還有森人丫頭……!」

巨魔怒道，哥布林殺手面無表情，低頭俯瞰他的雙眼。

鐵盔底下的紅眸彷彿熊熊燃燒的鬼火，凝視著巨魔。

隨後他開口。聲音如同吹過谷底的一陣風，無機質又平淡。

「**沉下去**。」

「什……?」

「這就來啦!」

巨魔還沒理解這句話的意思，礦人道士便吆喝道。又粗又短的手指，結起一個個法印。

「『土精（Gnome）唷土精，甩桶成圈，一甩再甩，甩夠放手』!」

巨魔的身體忽然變得像被鎖鍊捆住般沉重，沉入冰冷的水裡。

「唔、啊、嘎，你、這傢伙……！冒、險者……！」

混濁的水灌入口鼻。說不出話，只發得出咕嘟咕嘟的聲音。

哥布林殺手像要踐踏他似的，往巨魔的胸口一踹，留下刺在喉嚨的劍跳向岸邊。

巨魔試圖用雙眼捕捉他的身影，但視線已經被黑水遮斷，什麼都看不見。

池水如汙泥般黏稠，卻怎麼抓都抓不到東西。

粗壯的手臂、雙腳不停划水、打水。可是無論他動得再厲害，都無法移動分毫。

現在的他被迫墜落。極為**緩慢**地。

不曉得他有沒有發現，那是「下降(Falling Control)」的效果。

恐怕有困難吧。不能呼吸，會連思考能力都被奪走。

巨魔想跳回地面。想將那群冒險者五馬分屍。

然後希望、渴望、乞求能吸一口氣，因此吐出了巨大的氣泡。

不想死得這麼狼狽。不想溺死。不想。

他的咆哮化為陣陣泡沫，在到達水面前便破裂、消失。

那就是——他的下場。

「……幹掉了嗎。」

哥布林殺手爬上岸，拖著疲憊的身軀癱倒在地。

身體比剛才還重。彷彿裝了鉛塊。

連呼吸都嫌累，湧起扒掉鐵盔的衝動。可是，不行。

還有哥布林。有哥布林。不能脫掉。還不能——……

「哥布林殺手先生，請用。」

這個瞬間，貼心地從旁邊遞過來的小瓶子，中斷他的思緒。

仔細一看，同樣神情疲憊的女神官，手拿活力藥水（Stamina Potion）盯著他的鐵盔。

「嗯。」哥布林殺手用微弱的聲音說。「……抱歉，幫大忙了。」

「不會。」女神官羞得臉頰泛紅，垂下視線。「因為我總是受到你的幫助。」

是嗎。哥布林殺手說，將藥水含在口中。

對呀。女神官回答，輕輕坐到他旁邊。

哥布林殺手終於有辦法喘出一大口氣。

「是說，我們堂堂正正贏過巨魔了耶。」

妖精弓手不敢相信地看了漣漪尚未消散的水面一眼。

然後得意洋洋地搖晃長耳，帶著滿面笑容回頭望向一行人。

「這是與金等級同等的戰果吧!?」

「算了吧。跟政務扯上關係只會惹禍上身，賺不了錢的。」

礦人道士一副嫌麻煩的模樣甩甩手，妖精弓手遺憾地嘀咕著「說得也是」。

看來她已經忘記自己剛才在戰鬥中差點跟礦人道士吵起來。

真是單純的傢伙。礦人道士捻著白鬍鬚竊笑，一邊大口灌酒。

「然也，然也。考量麻煩程度，升金不如守銀。哎，逍遙為上吶。」

蜥蜴僧侶解開陷進樹幹的鉤繩，愉悅地轉動眼珠子。

繩子斷了，鉤子倒沒壞。反覆利用這種瑣碎的裝備，對冒險者來說也是很重要的。

他接著又「這可是好東西」喜孜孜地扛起巨魔在掙扎時扔掉的戰鎚。

蜥蜴人不會使用爪牙以外的武器，金屬卻是有價之物。

何況雖非頭骨或心臟，此仍乃漂亮的狩獵成果（Trophy）。

「收穫很重要……那麼，小鬼殺手兄，等會是否要展開掃蕩戰？」

「對。」

哥布林殺手簡短回答，望向仍在冒煙的廢村。

還有哥布林。被抓去當俘虜的兩位少女，正在水井裡等待一切落幕。

一場戰鬥不可能把他們清乾淨。他深深體會到哥布林的數量有多麼龐大。

不得不做的事多得跟山一樣，看來今天果然不是他該喪命的日子。

「話說回來……巨魔嗎。」

他驅使拜樂水之賜取回一些活力的身體，站了起來。

搖搖晃晃的身體，被女神官纖細的手輕輕扶住，哥布林殺手說道。

「哥布林要棘手多了。」

間章

「如此這般，世界被拯救前的故事」

三名冒險者著急地於長年不化的積雪中奔跑。

連跑在前頭的白兔獵兵，都累得上氣不接下氣，後面那兩人自不用說。

最不能浪費的，是時間。

逃進深山的雪男也不容大意。他們很愚蠢，所以不會學到教訓。

更重要的是在山麓發生的異狀。前往該處的夥伴的安危。

——雖然應該不至於太嚴重。

然而，時不時會發生「嚴重的狀況」，才叫作冒險。

連天上棋盤前的諸神，都無從得知骰子擲出的點數。

新手戰士愈發焦慮。

雖說雪勢及風勢都減緩了，糾纏、束縛住雙腿的雪，短時間內不可能消融。

恐怕從四方世界開天闢地那一刻起，這裡就一直是一片雪景。

——早知道該選雙更適合的鞋子穿。

事到如今後悔也來不及，儘管如此，新手戰士還是忍不住這麼想。

畢竟正是因為撐過了在洞窟發生的那場戰鬥，才有機會後悔。

必須仔細體會自己的幸運，好好後悔，活用在之後的冒險上。

新手戰士反省著自己準備不足，沒有停下腳步，回頭望向身後：

「喂，還行嗎？」

「勉強……撐得住……！」

見習聖女氣喘吁吁地說。神聖的天秤劍，如今也只是一般的手杖。

寒冷的天空下，穿著厚衣的她臉頰凍得發紅，額頭冒出珍珠般的汗珠。

少年露出微笑，自己八成也一樣。他於是對她伸出手。

「來。」

「……謝謝。」

話不多，是因為害羞還是疲勞？

少女別過頭，新手戰士抓住她纖細的手，用力一拽，將她從積雪中拉出來。

他瞄了前方一眼，蹦跳著前進的白兔獵兵，長耳正在晃來晃去。

「喂——抱歉！要不要休息——」

一下。這句話突然中斷。白兔獵兵停下來了。

長耳隨風搖動，他伸出又白又圓的手制止兩人。

「——？……怎麼了？」

「有東西在接近！」

如同慘叫的警告，令冒險者們立即警戒起來。

他們相當疲憊，還缺乏經驗，白兔獵兵則是第一次冒險。

即使如此，他們終究是冒險者。

沒有法術可用，神蹟耗盡，不過，拿起武器準備應戰是再正常不過的行為。

新手戰士主動上前，將見習聖女守在身後。白兔獵兵躍向後方，拿出石弓。

然後，不曉得過了多久。

一分鐘？兩分鐘？抑或短暫的數秒？新手戰士甚至覺得，這段空白感覺起來跟一小時一樣長。

不久後，白兔獵兵眨眨眼睛。新手戰士也逐漸看清朝他們接近的身影。

首先是輪廓。接著是細部。兩個小小的身影。

身材十分嬌小的——圃人（Rare）。以及，紅髮的……

「啊，你是……！」

「啥？搞什麼，你在這種地方幹麼？」

紅髮少年魔法師依然是那副高傲的態度，眨了下眼。

圃人少女——圃人劍士從側面跑過來，用光著的腳輕輕飛踢了少年魔法師的屁股。

「好痛!?」

「嗨，好久不見！過得好嗎？」

別管這傢伙啦。圃人劍士無視他的哀號，對他們揮手。

見習聖女緊盯著她的臉，緩緩揚起嘴角。

然後驅使凍僵的手指，握緊因為練劍而磨出小小的繭的手。

「嗯，嗯……！沒事，我們很好！你們呢？還好嗎？」

「連續一百場冒險！」

她挺起平坦的胸膛，靦腆一笑。

「開玩笑的，有種還沒站穩步伐的感覺。一直在修行呢。」

她的眼睛綻放出圃人特有的好奇光芒，望向白兔獵兵：

「哎呀！你們好像也經歷了不少事，竟然連這麼可愛的孩子都加入了！」

「那個……」她口中那位可愛的孩子——白兔獵兵，不好意思地開口。

「你們……認識嗎？」

「是朋友。」新手戰士馬上回答。「對吧？」

「……」少年魔法師一語不發，最後用低沉的聲音不太情願地回了句「嗯」。

圃人劍士聞言輕聲竊笑，少年魔法師瞪了她一眼，轉換話題：

「所以，你們在這幹麼？處理委託嗎？」

「噢，其實——」

新手戰士簡潔又迅速地說明現狀。

他因為著急跟記不清楚而省略掉的部分，由見習聖女無奈地補充。

最後，白兔獵兵又補足了一、兩點，圃人劍士點點頭：

「原來如此——難怪那些人會被叫過來。」

「被叫過來？……那些人？」

見習聖女歪過頭，圃人劍士再度點頭：

「嗯。師父好像有事要來這邊。」

「……他叫我們先去幫那些人的忙，等他辦完事。」

我可不承認他是師父。少年魔法師碎碎念著，鬧起脾氣。

「那些人……」白兔獵兵高高豎起長耳。「……是從那邊走過來的人？」

在他這麼問之前，新手戰士可說完全沒有察覺到對方的存在。

見習聖女想必也是。她的感知能力，並沒有特別高於這個年紀的平均值。

不，再說連白兔獵兵都是在對方接近前才意識到。

從雪景另一側走出的，同樣是三名冒險者。

戰士、魔法師——雙方都是女性。以及站在最前方的嬌小黑髮少女。

腰間掛著一把大劍的她，像小孩子似的衝過來，露出太陽般的笑容：

「怎麼了？有什麼問題嗎？」

「呃，他們是我的……朋友。」少年魔法師瞪向在旁笑著的圃人劍士。「就是這樣……」

簡潔明瞭的說明，少女「原來如此——」頻頻點頭。

「欸，可以嗎？好像有我能幫上的忙！」

少女回頭望向夥伴，女戰士點頭回答「沒辦法」，魔法師也咕噥道「意料之中」。

「早知道妳會光憑助人這個理由就行動。」

「……我隱約察覺到了。」

少女「嘿嘿嘿」害羞地搓著鼻頭打馬虎眼。

接著她拍拍新手戰士的肩膀，驕傲地挺起小小的胸部。

「你帶著兩個女生很努力呢，不愧是男孩子！之後就交給我吧！」

「……嗯？嗯!?」

新手戰士理解了少女這句話的意思，茫然瞪大眼睛。白兔獵兵咧嘴一笑。

——之後的發展，無須多言。

第9章 『然後回歸日常』

「那真是辛苦各位了……」

儘管聽上去像置身事外，櫃檯小姐溫暖的話語依舊蘊含慰勞及擔憂之意。

是的。女神官報告完事情經過，一副無言以對的態度點頭。

手邊是剛才櫃檯小姐幫她泡的紅茶。

她喝了一、兩口溫暖的紅茶，又點了一次頭，輕聲呢喃「是的」。

「先不提我們這邊……沒想到連哥布林殺手先生也遭遇巨魔……」

「歐爾克博格倒還算好呢。」

旁邊。同樣在回報的妖精弓手，無奈地往桌子上一拍。

「這孩子真的已經，該怎麼說呢……被茶毒了。」

「茶毒……」

沒這回事。女神官困擾地左顧右盼，尋找救星。

「哎，畢竟受前輩影響乃人之常情。」

Goblin Slayer

He does not let anyone roll the dice.

蜥蜴僧侶心情很好。他晃著尾巴，意氣風發地轉動眼珠子。

「暫且不論路途崎嶇與否，能向前邁進，本身便彌足珍貴。」

他以奇怪的姿勢合掌，視線移向靠在公會等候室牆上的大傢伙。

那座冒險的獎盃，是為這所公會的武勳再添嶄新一幕的證明。

長槍手與魔女興味盎然地遠遠觀察，重戰士一行人則站在旁邊。

可以清楚看見女騎士伸出手，想挑戰舉起那把巨鎚，卻被重戰士阻止，正在對他表達不滿。

「我之後來找一面好盾，跟它裝飾在一起唄。」

礦人道士愉快地看著，舉起酒瓶灌酒，滿足地舔掉沾到白鬚上的酒液。

「巨人、吸血鬼，然後連食人鬼（Ogre）都跑來了。是這支隊伍組成後最費勁的任務啊。」

「對呀……」

櫃檯小姐點頭，確認他們各自的冒險記錄表（Adventure Sheet）及報告書（Replay）。

他們不久前才把千金小姐從地下迷宮救出，還真是連續的大冒險。

這次聽說也是跟王都派來的冒險者共同處理的案件……

「結果，幕後黑手到底是誰啊？」

妖精弓手晃著那雙纖細的長腿，回頭詢問。

確實是合理的疑惑。讓春天延後降臨，使喚冰之魔女與巨魔的神祕存在。

櫃檯小姐點頭回答「這個嘛」，判斷應該告訴他們，整理好文件：

「魔神王軍勢的殘黨，似乎在企圖著什麼，不過——」

——聽說被勇者大人殲滅了喔？

「真不簡單。」

蜥蜴僧侶悠哉地說。跟櫃檯小姐不同，完全是置身事外的語氣。

對他而言，功德累積了，還能用報酬買起司，沒什麼好抱怨的。

「說到這個，勇者大人似乎一直在四處奔波。真是辛苦吶。」

「正因為有力量，要做的事、不得不做的事也會跟著變多呢。」

聽見櫃檯小姐這句話，蜥蜴僧侶喃喃自語「果然麻煩，還是銀等級好」。

礦人道士聞言呵呵竊笑，妖精弓手則傻眼地嘆了口氣。

她用符合上森人（High Elf）優雅氣質的動作沒禮貌地撐著頰，開口說：

「對了，歐爾克博格呢？」

「好像說了『偶爾也該早點回家』。」

雖然我覺得他一直都滿早回家的呀？櫃檯小姐半是遺憾，半是認同地嘀咕。

妖精弓手「唷」好奇地晃動長耳，「原來如此」擺出一副自以為明白的態度。

「歐爾克博格也是會進步的。」

「哎，若要說這回誰最辛苦，就是那個牧場的丫頭吧。」

「然也，然也。希望她能養心安神，盡量避免影響平日的農務。」

你是在擔心起司吧。妖精弓手語帶無奈，蜥蜴僧侶俏皮地轉動眼珠子。

不曉得是誰發出一聲輕笑，就這樣在眾人之間擴散開來，和緩的笑聲於公會內迴盪。

「那、那個，之前就提過，可不可以不要用『被茶毒』這種說法……」

女神官雖努力抗議，但也被一笑置之。

她悶悶不樂地鼓起臉頰，輪流瞪向其他人，卻不被搭理。

最後她像在鬧彆扭似的別過頭，便看見新手戰士、見習聖女，以及白兔獵兵。

新手戰士張開雙臂，侃侃而談他的冒險故事，另外兩人則一個說教，一個不時插嘴幾句。

雖然不清楚他們三個的**經驗值**，不過戰士及聖女，已經不能算是新手了吧。

而自己——又如何呢？

女神官希望自己有在向前邁進。以前的夥伴……會這麼認為嗎？

她閉緊眼睛，搖搖頭。

「怎麼了？啊，真的鬧脾氣了？對不起啦。我是在誇妳耶，基本上。」

妖精弓手以自然的動作探頭看她的臉。

上森人的雙眼近在眼前，女神官吁出一口氣。

「我沒……不對。」嗯，她說得沒錯。「我有點在鬧脾氣。」

她帶著燦爛的笑容說，這名年長的摯友「咦咦！」誇張地做出驚訝的反應。

女神官覺得這樣很有趣，很開心，真的很幸福，於是笑出聲來。

§

雖然哪裡的天空都一樣是藍色，但從牧場窗戶看出去的天空，是熟悉的藍。

牧牛妹撐著頭，透過窗戶仰望晴空，憂鬱地嘆息。

——我能理解舅舅會擔心。

在那之後，發生了許多令人疲憊、令人不安，同時又令人安心的事。

抵達鎮上，受到保護，被舅舅罵了一頓，被櫃檯小姐擔心一番，等待他回來，迎接他回來。

這樣就都結束了。

糧食雖然全沒了，聽說舅舅的貨有來得及送達。

在那個地區扎根的陰謀，由厲害的冒險者過去解決了。

一切都回歸原本的日常。他跟夥伴一起去冒險，自己則在牧場生活。

要說唯一的問題，就是舅舅暫時禁止她外出吧。

——該讓我去送貨了啦。

身體會變遲鈍，要是發胖就糟了，也有些工作舅舅一個人做太辛苦。

當然，考慮到舅舅的心情，實在很頭痛。不能讓舅舅為自己操心。

但不可思議的是，牧牛妹的迷惘中，並沒有參雜恐懼及害怕之類的情緒。

明明有過那麼慘的經歷，為什麼呢——……？

——哎，想都不用想。

牧牛妹揚起嘴角，沒有其他人在看，卻偷偷笑著。

只有在籠中吱吱叫的金絲雀看見了。

他用指尖從鳥籠的縫隙戳了下金絲雀，從窗邊站起來。

——好，在這邊煩惱也沒用！

「先來洗衣服吧！」

她像要推自己一把般，語氣輕快，立刻開始做家事。

先去各自的房間收被單，抱到庭院扔進盆子。

之後只要泡水把灰倒進去，就準備完成了。

她被冰冷的井水凍得「嗚嗚！」發抖，光腳踩起髒被單。

嘩啦啦的聲音響起，她持續用腳搓洗著，拔掉栓子倒掉髒水，如此反覆。

最後頂著藍天，將被單晾在庭院的繩子上，拉住兩端用力一扯，結束。

「呼。」

牧牛妹吁出一口氣，豐滿的胸部隨之晃動，伸手擦去額頭的汗水。

「怎麼，以為會是個乳臭未乾的小毛頭，結果挺有料的嘛。」

「!?」

她突然聽見極為沙啞的嗓音，朝那邊看過去。

以為西方吹來了一陣風。從開始傾斜的太陽方向吹來的，乾燥的風。

然而，有個黑色的小影子，像沉澱物般停在那陣風該吹過的地方。

影子宛如不知歷經多少歲月的岩石或樹木，看起來像個駭人的老者。

是一名圃人老翁。牧牛妹眨眨眼睛，問：

「那個，請問您有什麼事嗎？」

「事倒沒有。」

老翁嘴巴動來動去，發出噁心的咀嚼聲，呸地吐出口水。

「這附近，有那個吧？」

「？」

「有個奇怪的冒險者。」

圃人老翁露出彷彿在嘲諷他人的淺笑，隱約看得見一口黃牙。

「又笨又蠢，沒有才能，只有認真過頭的死腦筋可取的傢伙。」

牧牛妹噘起嘴。

她明白這名老翁是在說誰，但她很想否定。

「我家也住著一名冒險者，不過他不是那麼奇怪的人。」

這句話的口氣，比牧牛妹想像中還要差。

她是因為老翁睜大眼睛「唷」了一聲才意識到的。這樣不太好。

這種態度太幼稚了，她正準備開口道歉——然而。

「怎麼，意思是你們一起做了個爽嗎？啊？」

牧牛妹沒有無知到聽不出這句下流話蘊含的意思。

她鼓起瞬間羞紅的臉，不悅地回道「您誤會了」。

「是說以前啊，有個魔法師老頭說過。」

因此，老翁突然開啟這個話題，牧牛妹也很錯愕。

「魔、魔法師……老爺爺？」

她忽然想到，會不會就是面前這名老者？這個皺巴巴的老人。

不過老翁似乎發現牧牛妹在想什麼，悶悶不樂地發出低沉的咕噥聲。

「比起什麼大冒險，真正重要的是更加細微的東西。」

然後某位礦人也說過。

圃人老翁接下來的話，令牧牛妹下意識探出身子。

不知為何，他的聲音明明沒有特別悅耳，卻會讓人想聽下去。

「在妳心中，有妳自己不知道的美好之處。」

老翁伸出駭人的爪子，差點掐住她的乳房，牧牛妹反射性退後一步。

他露出歪七扭八的牙齒，像條鯊魚似的，臉上浮現猙獰的笑。

「再會啦，溫柔的西之都的堅強女孩。這趟來得值得囉！」

接著，又是一陣風吹過。

「呀！」牧牛妹嚇得忍不住閉上眼，當她再睜開時，老翁已不見蹤影。

彷彿一開始就不存在。彷彿被收進了口袋中。

「……怎、怎麼回事……？」

牧牛妹按住心臟狂跳的胸部，深呼吸，吐氣。

本來還在思考要不要告訴他，但很神奇的，她並不會想這麼做。

畢竟只有短短一瞬間。影子跟風一起出現，又立刻被吹散。

四方世界中，很多事是凡人（Hume）少女想像不到的。

剛才那件事，或許也是其中之一。

對她而言，有許多事比這件事更重要。

「……對了，得去煮晚餐。」

做他最喜歡吃的，加了大量牛奶的燉濃湯。

牧牛妹檢查了一下被單晾得如何後，小跑步回到家中。

將材料放進鍋內，咕嘟咕嘟地燉爛，攪拌均勻。

不久後，甘甜香氣乘著窗外吹來的風瀰漫屋內之際。

一道人影背對暗紅色的夕陽，從鎮上踩著街道走向這邊。

裝備簡陋又寒酸，卻是世上最帥氣的冒險者。

看見他的身影，她哼著歌，家門一打開就笑咪咪地說：

「歡迎回來！」

昨天世界也沒有滅亡，今天世界仍舊轉動著，明天世界肯定也會存在。

想必沒有比這更可貴的事了。

後記

大家好！我是蝸牛くも！

《哥布林殺手》第九集，大家還喜歡嗎？

這一集出現了哥布林，是哥布林殺手剿滅哥布林的故事。

我寫得很努力，如果各位看得開心就太好了。

這部作品幸運地做成了動畫，漫畫版評價也很好，那麼本篇當然也……

如此這般，接到了那麼多工作，我十分感激，不過後記也連續寫了好幾篇。差不多會開始煩惱該寫什麼才好了。

感覺只有在大都會的影子中奔跑或天使大戰之類的事可寫。

無論如何，能走到這一步也是拜許多人所賜，所以我決定先按照慣例，從謝辭開始。

各位遊戲夥伴、創作方面的朋友們，一直以來謝謝你們。

繪製插圖的神奈月老師，兔子小姐畫得很可愛，謝謝您！

繪製漫畫版的黑瀨老師，現在應該剛好進展到第二集最終戰左右吧，太厲害了……！

統整網站的管理員。真的很感謝你總是支持我。
編輯部的各位，承蒙關照了。這次也謝謝大家。
另外，在我不知道的許多地方與本作產生關聯的各位，謝謝你們。
以及願意拿起本書閱讀的諸多讀者，真的非常感謝大家一直以來的支持。
此外，託各位的福，我多了兩個新故事要寫。
我想也會有人對宣傳一點興趣都沒有，敬請見諒。
畢竟宣傳可以讓我多寫六行。麻煩陪我一下，當成做善事吧。
第一個是第二部外傳，以十年前和魔神的戰鬥為主題的《鍔鳴的太刀(Dai Katana)》。
也就是說，如果本篇是戰記，這部作品就是傳說，差不多這種感覺。
另一個是《天下一蹴 今川氏真無用劍》。
今川氏真這位人物與妻子一起旅行到京都，跟忍者戰鬥的故事。
嗯，是時代小說。誰把這種東西投去參加輕小說新人賞的啦。
在最終選拔落選，大叫一聲「雅德莉安」，結束（註3）。真讓人一頭霧水。

註3　影射電影《洛基（Rocky）》劇情。

還有《哥布林殺手》第十集。

大概會有哥布林出現，所以會是哥布林殺手剿滅哥布林的故事吧。

每部作品我都是盡全力去寫的，能讓大家喜歡就太好了。

那麼，如果我又出了哪部作品，還請各位多多關照。

那麼再會。

哥布林殺手

GOBLIN SLAYER!

He does not let anyone roll the dice.

哥布林殺手
GOBLIN SLAYER!
He does not let anyone roll the dice.

哥布林殺手

GOBLIN SLAYER!

He does not let anyone roll the dice.

浮文字

GOBLIN SLAYER 哥布林殺手9

（原名：ゴブリンスレイヤー #9）

著　者／蝸牛くも
封面插畫／神奈月昇
譯　者／Runoka
發行人／黃鎮隆
副總經理／陳君平
企劃宣傳／邱小祐、劉宜蓉
總編輯／洪琇菁
國際版權／黃令歡、李子琪
執行編輯／曾鈺淳
美術編輯／陳又荻
內文校潤／梁瓏
內文排版／謝青秀

出　版／城邦文化事業股份有限公司 尖端出版
台北市中山區民生東路二段一四一號十樓
電話：（〇二）二五〇〇－七六〇〇
傳真：（〇二）二五〇〇－二六八三
E-mail：7novels@mail2.spp.com.tw

發　行／英屬蓋曼群島商家庭傳媒股份有限公司城邦分公司 尖端出版
台北市中山區民生東路二段一四一號十樓
電話：（〇二）二五〇〇－七六〇〇（代表號）
傳真：（〇二）二五〇〇－一九七九

中彰投以北經銷／楨彥有限公司（含宜花東）
電話：（〇二）八九一九－三三六九
傳真：（〇二）八九一四－五五二四

雲嘉經銷／智豐圖書有限公司 嘉義公司
電話：（〇五）二三三－三八五二
傳真：（〇二）二三三三－三八六三
客服專線：〇八〇〇－〇二八－〇二八

南部經銷／智豐圖書有限公司 高雄公司
電話：（〇七）三七三－〇〇七九
傳真：（〇七）三七三－〇〇八七

一代匯集／香港九龍旺角塘尾道六十四號龍駒企業大廈十樓B&D室
電話：（八五二）二七八三－八一〇二
傳真：（八五二）二七八二－一五二九
E-mail：hkcite@biznetvigator.com

新馬經銷／城邦（馬新）出版集團Cite（M）Sdn. Bhd.
E-mail：cite@cite.com.my

法律顧問／王子文律師 元禾法律事務所
台北市羅斯福路三段三十七號十五樓

二〇二〇年一月一版一刷

■中文版■

郵購注意事項：
1.填妥劃撥單資料：帳號：50003021戶名：英屬蓋曼群島商家庭傳媒(股)公司城邦分公司。2.通信欄內註明訂購書名與冊數。3.劃撥金額低於500元，請加附掛號郵資50元。如劃撥日起 10～14日，仍未收到書時，請洽劃撥組。劃撥專線TEL：(03)312-4212 ・ FAX：(03)322-4621。E-mail：marketing@spp.com.tw

國家圖書館出版品預行編目資料

GOBLIN SLAYER!哥布林殺手9 / 蝸牛くも作 ;
Runoka譯. -- 初版. -- 臺北市 : 尖端,
2020. 01-
冊 ;　公分
譯自 : ゴブリンスレイヤー9

ISBN 978-957-10-8794-8 (第9冊 : 平裝)

861.57　　108003705